語言是通往世界的橋梁

語言鳥
Parrot
語言是通往世界的橋梁

附40音發音表

從零開始學♫ 韓語單字 ♪

The Very Basic Korean Vocabulary

제로부터 배우는 한국어 단어

小一本，讓你輕鬆帶著走！

妍熙 企編
연희 편저

錄初學者必背的單字！

時也是韓檢初級最常考的生字。
對每個詞彙，補充類義詞、
義詞、相關詞彙，以及好用的例句，
詳細整理出動詞、形容詞的基本變化！

韓國文字的結構

韓文為表音文字，分為子音和母音，韓文字就是由子音和母音所組合而成。基本母音和子音各為10個字和14個字，總共24個字。基本母音和子音在經過組合之後，形成16個複合母音和子音，提高其整體組織性，這就是「韓語40音」。

每個韓文字代表一個音節，每音節最多有四個音素，而每字的結構最多由五個字母來組成，其組合方式有以下幾種：

1. 子音加母音，例如：나（我）
2. 子音加母音加子音，例如：방（房間）
3. 子音加複合母音，例如：귀（耳）
4. 子音加複合母音加子音，例如：광（光）
5. 一個子音加母音加兩個子音，例如：값（價錢）

韓語40音發音對照表

一、基本母音（10個）

	ㅏ	ㅑ	ㅓ	ㅕ	ㅗ	ㅛ	ㅜ	ㅠ	ㅡ	ㅣ
名稱	아	야	어	여	오	요	우	유	으	이
拼音發音	a	ya	eo	yeo	o	yo	u	yu	eu	i
注音發音	ㄚ	ㄧㄚ	ㄛ	ㄧㄛ	ㄡ	ㄧㄡ	ㄨ	ㄧㄨ	(ㄜ)	ㄧ

說明

- 韓語母音「ㅡ」的發音和「ㄜ」發音有差異，但嘴型要拉開，牙齒快要咬住的狀態，才發得準。
- 韓語母音「ㅓ」的嘴型比「ㅗ」還要大，整個嘴巴要張開成「大O」的形狀，「ㅗ」的嘴型則較小，整個嘴巴縮小到只有「小o」的嘴型，類似注音「ㄡ」。
- 韓語母音「ㅕ」的嘴型比「ㅛ」還要大，整個嘴巴要張開成「大O」的形狀，類似注音「ㄧㄛ」，「ㅛ」的嘴型則較小，整個嘴巴縮小到只有「小o」的嘴型，類似注音「ㄧㄡ」。

二、基本子音（10個）

	ㄱ	ㄴ	ㄷ	ㄹ	ㅁ	ㅂ	ㅅ	ㅇ	ㅈ	ㅊ
名稱	기역	니은	디귿	리을	미음	비읍	시옷	이응	지읒	치읓
拼音發音	k/g	n	t/d	r/l	m	p/b	s	ng	j	ch
注音發音	ㄎ	ㄋ	ㄊ	ㄌ	ㄇ	ㄆ	ㄙ,(ㄒ)	不發音	ㄗ	ㄘ

說　明

- 韓語子音「ㅅ」有時讀作「ㄙ」的音，有時則讀作「ㄒ」的音，「ㄒ」音是跟母音「ㅣ」搭在一塊時才會出現。
- 韓語子音「ㅇ」放在前面或上面不發音；放在下面則讀作「ng」的音，像是用鼻音發「嗯」的音。
- 韓語子音「ㅈ」的發音和注音「ㄗ」類似，但是發音的時候更輕，氣更弱一些。

三、基本子音（氣音4個）

	ㅋ	ㅌ	ㅍ	ㅎ
名　稱	키읔	티읕	피읖	히읗
拼音發音	k	t	p	h
注音發音	ㄎ	ㄊ	ㄆ	ㄏ

說　明

- 韓語子音「ㅋ」比「ㄱ」的較重，有用到喉頭的音，音調類似國語的四聲。
  ㅋ＝ㄱ＋ㅎ
- 韓語子音「ㅌ」比「ㄷ」的較重，有用到喉頭的音，音調類似國語的四聲。
  ㅌ＝ㄷ＋ㅎ
- 韓語子音「ㅍ」比「ㅂ」的較重，有用到喉頭的音，音調類似國語的四聲。
  ㅍ＝ㅂ＋ㅎ

四、複合母音（11個）

	ㅐ	ㅒ	ㅔ	ㅖ	ㅘ	ㅙ	ㅚ	ㅞ	ㅝ	ㅟ	ㅢ
名稱	애	얘	에	예	와	왜	외	웨	워	위	의
拼音發音	ae	yae	e	ye	wa	w ae	oe	we	wo	wi	ui
注音發音	ㄝ	ㄧ ㄝ	ㄟ	ㄧ ㄟ	ㄨ ㄚ	ㄨ ㄝ	ㄨ ㄟ	ㄨ ㄟ	ㄨ ㄛ	ㄨ ㄧ	ㄜ ㄧ

說　明

- 韓語母音「ㅐ」比「ㅔ」的嘴型大，舌頭的位置比較下面，發音類似「ae」；「ㅔ」的嘴型較小，舌頭的位置在中間，發音類似「e」。不過一般韓國人讀這兩個發音都很像。
- 韓語母音「ㅒ」比「ㅖ」的嘴型大，舌頭的位置比較下面，發音類似「yae」；「ㅖ」的嘴型較小，舌頭的位置在中間，發音類似「ye」。不過很多韓國人讀這兩個發音都很像。
- 韓語母音「ㅚ」和「ㅞ」比「ㅙ」的嘴型小些，「ㅙ」的嘴型是圓的；「ㅚ」、「ㅞ」則是一樣的發音，不過很多韓國人讀這三個發音都很像，都是發類似「we」的音。

五、複合子音（5個）

	ㄲ	ㄸ	ㅃ	ㅆ	ㅉ
名　稱	쌍기역	쌍디귿	쌍비읍	쌍시옷	쌍지읒
拼音發音	kk	tt	pp	ss	jj
注音發音	ㄍ	ㄉ	ㄅ	ㄙ	ㄗ

說　明

- 韓語子音「ㅆ」比「ㅅ」用喉嚨發重音，音調類似國語的四聲。
- 韓語子音「ㅉ」比「ㅈ」用喉嚨發重音，音調類似國語的四聲。

六、韓語發音練習

	ㅏ	ㅑ	ㅓ	ㅕ	ㅗ	ㅛ	ㅜ	ㅠ	ㅡ	ㅣ
ㄱ	가	갸	거	겨	고	교	구	규	그	기
ㄴ	나	냐	너	녀	노	뇨	누	뉴	느	니
ㄷ	다	댜	더	뎌	도	됴	두	듀	드	디
ㄹ	라	랴	러	려	로	료	루	류	르	리
ㅁ	마	먀	머	며	모	묘	무	뮤	므	미
ㅂ	바	뱌	버	벼	보	뵤	부	뷰	브	비
ㅅ	사	샤	서	셔	소	쇼	수	슈	스	시
ㅇ	아	야	어	여	오	요	우	유	으	이
ㅈ	자	쟈	저	져	조	죠	주	쥬	즈	지
ㅊ	차	챠	처	쳐	초	쵸	추	츄	츠	치
ㅋ	카	캬	커	켜	코	쿄	쿠	큐	크	키
ㅌ	타	탸	터	텨	토	툐	투	튜	트	티
ㅍ	파	퍄	퍼	펴	포	표	푸	퓨	프	피
ㅎ	하	햐	허	혀	호	효	후	휴	흐	히
ㄲ	까	꺄	꺼	껴	꼬	꾜	꾸	뀨	끄	끼
ㄸ	따	땨	떠	뗘	또	뚀	뚜	뜌	뜨	띠
ㅃ	빠	뺘	뻐	뼈	뽀	뾰	뿌	쀼	쁘	삐
ㅆ	싸	쌰	써	쎠	쏘	쑈	쑤	쓔	쓰	씨
ㅉ	짜	쨔	쩌	쪄	쪼	쬬	쭈	쮸	쯔	찌

CONTENTS

開頭詞彙

가게

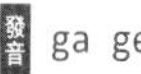
發音 ga ge

中譯 名 店鋪

類義詞

상점 (**商店**sang jeom)

相關詞彙

노점 (**路邊攤**no jeom)

例句

도매가게.

do mae ga ge

批發店

과일가게.

gwa il ga ge

水果店

가구

發音 ga gu

中譯 名 傢俱

相關詞彙

도구 (**道具**do gu)、용구 (**用具**yong gu)

例句

새 가구를 바꿨어요.

sae ga gu reul ppa kkwo sseo yo

換了新家具。

가깝다

發音 ga kkap tta

反義詞

멀다（遠meol da）

相關詞彙

근처（附近geun cheo）、멀지 않은 곳（不遠處meol ji a neun got）

形容詞變化

가까운, 가까워요, 가까웠어요, 가깝습니다

例句

가까운 경찰서가 어디에 있어요?

ga kka un gyeong chal sseo ga eo di e i sseo yo

附近的警察局在哪裡？

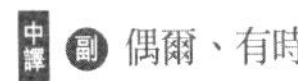

相關詞彙

항상（經常hang sang）、자주（常常ja ju）

例句 가끔 엄마 도시락을 먹고 싶을 때가 있어요.
ga kkeum eom ma do si ra geul meok kko si peul ttae ga i sseo yo
有時候會想吃媽媽做的便當。

가다

發音 ga da

中譯 動 去

012

反義詞

오다（來o da）

相關詞彙

들어가다（進去deu reo ga da）、뛰어가다（跑去ttwi eo ga da）、돌아가다（回去do ra ga da）

動詞變化

가요, 갔어요, 갈 거예요, 갑니다

例句 그는 집에 갔어요.
geu neun ji be ga sseo yo
他回家了。
다음 달에 한국에 갈 거예요.
da eum da re han gu ge gal kkeo ye yo
下個月要去韓國。

가르치다

發音 ga reu chi da

 動 教導

反義詞

배우다（學習bae u da）

相關詞彙

지도하다（指導ji do ha da）、교육하다（教育gyo yu ka da）、설명하다（說明seol myeong ha da）

動詞變化

가르쳐요, 가르쳤어요, 가르칠 거예요, 가르칩니다

例句

나는 대학에서 한국어를 가르치고 있어요.

na neun dae ha ge seo han gu geo reul kka reu chi go i sseo yo

我在大學教韓國語。

어제 동생에게 수학을 가르쳐 줬어요.

eo je dong saeng e ge su ha geul kka reu cheo jwo sseo yo

昨天我教弟弟（妹妹）數學。

가방

 ga bang

 名 包包

相關詞彙

책가방（**書包**chaek kka bang）、여행 가방（**旅行包**yeo haeng ga bang）、손가방（**手提包**son ga bang）、배낭（**背包**bae nang）

例句

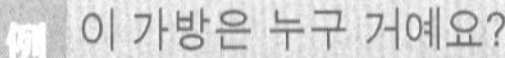

이 가방은 누구 거예요?

i ga bang eun nu gu geo ye yo

這包包是誰的？

어제 백화점에서 새 가방을 샀어요.

eo je bae kwa jeo me seo sae ga bang eul ssa sseo yo

昨天在百貨公司買了新包包。

가볍다

發音 ga byeop tta

中譯  形 輕、輕快

反義詞

무겁다（**重**mu geop tta）

相關詞彙

입이 가볍다（**嘴不牢、大嘴巴**i bi ga byeop tta）

形容詞變化

가벼운, 가벼워요, 가벼웠어요, 가볍습니다

짐이 가벼우면 여행이 즐겁습니다.

例句

ji mi ga byeo u myeon yeo haeng i jeul kkeop sseum ni da

行李輕，旅行就愉快。

가벼운 발걸음.

ga byeo un bal kkeo reum

輕快的步伐。

가을

ga eul

秋天

相關詞彙

시원하다（**涼爽**si won ha da）、단풍（**楓葉**dan pung）、바람（**風**ba ram）

例句

올 가을 가 볼 만한 곳이 어디입니까?

ol ga eul kka bol man han go si eo di im ni kka

今年夏天值得一去的地方是哪裡？

가장

ga jang

最

類義詞

제일 (**最**je il)

相關詞彙

아주 (**很**a ju) 、매우 (**很**mae u)

> **例句** 가장 좋아하는 음식은 뭐예요?
> ga jang jo a ha neun eum si geun mwo ye yo
> **你最喜歡的食物是什麼？**

간단하다

發音 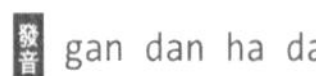

中譯 

類義詞

쉽다 (**簡單**swip tta) 、용이하다 (**容易**yong i ha da)

反義詞

어렵다 (**困難**eo ryeop tta)

形容詞變化

간단한, 간단해요, 간단했어요, 간단합니다

> **例句** 시험 내용이 지나치게 간단해요.
> si heom nae yong i ji na chi ge gan dan hae yo
> **考試內容過於簡單。**
> 좀 간단하게 설명해 주세요.

jom gan dan ha ge seol myeong hae ju se yo
請你簡單做說明。

갈아타다

發音 ga ra ta da

 換乘

類義詞

환승하다（**換乘**hwan seung ha da）、바꿔타다（**換車**ba kkwo ta da）

相關詞彙

갈아타는 역（**換乘站**ga ra ta neun yeok）

動詞變化

갈아타요, 갈아탔어요, 갈아탈 거예요, 갈아탑니다

例句

여기서 시청에 가려면 버스를 갈아타야 합니다.
yeo gi seo si cheong e ga ryeo myeon beo seu reul kka ra ta ya ham ni da
要從這裡到市政府，必須換乘公車。

갈아타는 곳이 어디입니까?
ga ra ta neun go si eo di im ni kka
換車的地方在哪裡？

감기

發音 gam gi

中譯 名 感冒

020

相關詞彙

돌림감기（**流行性感冒**dol lim gam gi）、감기약（**感冒藥**gam gi yak）、감기 환자（**感冒患者**gam gi hwan ja）

例句

감기에 걸려서 오늘은 회사에 가지 못했어요.
gam gi e geol lyeo seo o neu reun hoe sa e ga ji mo tae sseo yo
因為感冒了，所以今天沒辦法去公司上班。

감기에 걸리지 않도록 옷이 많이 입으세요.
gam gi e geol li ji an to rok o si ma ni i beu se yo
小心不要感冒了，多穿點衣服。

갑자기

發音 gap jja gi

中譯 副 突然、忽然

021

類義詞

문득（**突然**mun deuk）、난데없이（**突如其來地**nan de eop ssi）、홀연히（**忽然地**ho ryeon hi）

例句 밤 기온이 갑자기 떨어졌어요.
bam gi o ni gap jja gi tteo reo jeo sseo yo
晚上的氣溫突然下降了。
갑자기 정전됐어요.
gap jja gi jeong jeon dwae sseo yo
突然停電了。

發音 gap

中譯 名 價錢、價格

022

類義詞

가격 (**價格**ga gyeok)

相關詞彙

가치 (**價值**ga chi) 、정가 (**定價**jeong ga)

例句 값이 너무 비쌉니다.
gap ssi neo mu bi ssam ni da
價格太貴了。
쌀 값이 올라갔어요.
ssal kkap ssi ol la ga sseo yo
米價上漲了。

갈다

發音 gat tta

一樣、相同

類義詞

똑같다（一模一樣ttok kkat tta）

反義詞

다르다（不同da reu da）

相關詞彙

비슷하다（相似bi seu ta da）、동일하다（統一dong il ha da）、일치하다（一致il chi ha da）

形容詞變化

같은, 같아요, 같았어요, 같습니다

例句

이것은 그것과 같습니다.
i geo seun geu geot kkwa gat sseum ni da
這個和那個一樣。

그녀는 매일 같은 옷을 입어요.
geu nyeo neun mae il ga teun o seul i beo yo
她每天都穿一樣的衣服。

같이

ga chi

一起、一塊

類義詞

함께 (一起ham kke)

反義詞

혼자 (獨自地hon ja)

例句

갈이 시장에 갑시다.

ga chi si jang e gap ssi da

一起去市場吧。

갈이 밥 먹으러 갈까요?

ga chi bap meo geu reo gal kka yo

要不要一起去吃飯？

거기

geo gi

那裡、那個地方

類義詞

그 곳 (那個地方geu got)

相關詞彙

저기 (那裡jeo gi)、저 곳 (那個地方jeo got)

例句

컵이 거기 있어요.

keo bi geo gi i sseo yo

杯子那裡有。

거기 서 있는 분이 누구예요?

geo gi seo in neun bu ni nu gu ye yo

站在那裡的人是誰？

거리

發音 geo ri

中譯 名 街道、距離

類義詞

길거리（街道gil geo ri）

相關詞彙

간격（間隔gan gyeok）、큰길（馬路、大路keun gil）

例句

아주 먼 거리예요?

a ju meon geo ri ye yo

很遠的路程嗎？

이 곳은 서울에 가장 번화한 거리입니다.

i go seun seo u re ga jang beon hwa han geo ri im ni da

這裡是首爾最繁華的街道。

걱정하다

發音 geok jjeong ha da

中譯 動 擔心

類義詞

우려하다（憂慮u ryeo ha da）、근심하다（擔心 geun sim ha da）

相關詞彙

염려하다（掛念、擔心yeom nyeo ha da）

動詞變化

걱정해요, 걱정했어요, 걱정할 거예요, 걱정합니다.

例句

걱정할 필요가 없어요.
geok jjeong hal pi ryo ga eop sseo yo
不需要擔心。

아무것도 걱정하지 마세요.
a mu geot tto geok jjeong ha ji ma se yo
什麼都不必擔心。

걷다

發音 geot tta

中譯 動 走路、走

反義詞

뛰다（跑ttwi da）

相關詞彙

걸어가다（走去geo reo ga da）、걸어오다（走來 geo reo o da）

動詞變化

걸어요, 걸었어요, 걸을 거예요, 걷습니다

例句
우리 아들이 이미 걸을 수 있게 되었어요.
u ri a deu ri i mi geo reul ssu it kke doe eo sseo yo
我兒子已經會走路了。
길을 걸으면서 물을 마십니다.
gi reul kkeo reu myeon seo mu reul ma sim ni da
邊走邊喝水。

걸다

geol da

掛、吊

相關詞彙

옷걸이 (衣架ot kkeo ri)

動詞變化

걸어요, 걸었어요, 걸 거예요, 겁니다

例句
외투를 옷장에 걸었어요.
oe tu reul ot jjang e geo reo sseo yo
把外套掛在衣架上了。
시계를 벽에 거세요.
si gye reul ppyeo ge geo se yo
請把時鐘掛在牆壁上。

겨울

發音 gyeo ul

中譯  名 冬天

類義詞

겨울철（冬季gyeo ul cheol）

相關詞彙

겨울 방학（寒假gyeo ul bang hak）、춥다（冷chup tta）、눈（雪nun）

例句

대만 겨울에는 눈이 내리지 않아요.

dae man gyeo u re neun nu ni nae ri ji a na yo

台灣的冬天不會下雪。

여기 겨울 날씨는 매우 추워요.

yeo gi gyeo ul nal ssi neun mae u chu wo yo

這裡的冬天天氣很冷。

결정하다

發音 gyeol jeong ha da

中譯  動 決定

類義詞

결심하다（下決心gyeol sim ha da）、정하다（定、決定jeong ha da）

相關詞彙

확정하다（**確定**hwak jjeong ha da）

動詞變化

결정해요, 결정했어요, 결정할 거예요, 결정합니다

例句

내년 한국에 유학을 가기로 결정했어요.
nae nyeon han gu ge yu ha geul kka gi ro gyeol jeong hae sseo yo
我決定明年要去韓國留學。

결혼 날짜는 결정되었어요?
gyeol hon nal jja neun gyeol jeong doe eo sseo yo
結婚的日期決定了嗎？

경기

發音 gyeong gi

中譯 名 比賽、競賽

032

類義詞

시합（**比賽**si hap）

相關詞彙

경기장（**比賽場地**gyeong gi jang）、선수（**選手**seon su）

例句

이 운동대회에서 농구 경기가 있는데 같이 참가할까요?

i un dong dae hoe e seo nong gu gyeong gi ga in neun de ga chi cham ga hal kka yo
這次的運動大會有籃球比賽要不要一起參加？

경치

gyeong chi

名 風景、景色

033

類義詞

풍경（風景pung gyeong）

相關詞彙

풍광（風光、景致pung gwang）

例句
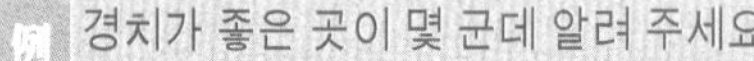
경치가 좋은 곳이 몇 군데 알려 주세요.
gyeong chi ga jo eun go si myeot gun de al lyeo ju se yo
請告訴我幾個風景不錯的地方。

go gi

名 肉

034

反義詞

야채（蔬菜ya chae）

相關詞彙

소고기（牛肉so go gi）、돼지고기（豬肉dwae ji go gi）、닭고기（雞肉dal kko gi）、양고기（羊肉yang go gi）

例句
고기를 좋아합니까, 아니면 야채를 좋아합니까?
go gi reul jjo a ham ni kka a ni myeon ya chae reul jjo a ham ni kka
你喜歡吃肉，還是吃菜？

고장

發音 go jang

中譯 名 故障、壞掉

035

相關詞彙

결함（缺點gyeol ham）、흠（瑕疵heum）

例句
컴퓨터가 고장이 났어요. 좀 고쳐 주세요.
keom pyu teo ga go jang i na sseo yo jom go cheo ju se yo
電腦壞掉了，幫我修理。
자동차가 또 고장이 났어요.
ja dong cha ga tto go jang i na sseo yo
汽車又故障了。

고치다

發音 go chi da

中譯 動 改正、修理

相關詞彙

수정하다（修正su jeong ha da）、수선하다（修補、修繕su seon ha da）、수리하다（修理su ri ha da）、손질하다（修整son jil ha da）

動詞變化

고쳐요, 고쳤어요, 고칠 거예요, 고칩니다

例句

나쁜 습관을 꼭 고쳐야 됩니다.
na ppeun seup kkwa neul kkok go cheo ya doem ni da
不好的習慣一定要改掉。

답안지를 좀 고쳐 주세요.
da ban ji reul jjom go cheo ju se yo
請幫我改考卷。

고프다

發音 go peu da

中譯 形 飢餓、餓

反義詞

배부르다（吃飽bae bu reu da）

相關詞彙

굶다（**飢餓**gum da）、출출하다（**感到餓**chul chul ha da）

形容詞變化

고픈, 고파요, 고팠어요, 고픕니다

例句

배가 너무 고파요.
bae ga neo mu go pa yo
肚子很餓。

점심을 못 먹어서 지금 너무 배고파요.
jeom si meul mot meo geo seo ji geum neo mu bae go pa yo
因為沒吃午餐，現在很餓。

곧

 got

 副 馬上、立刻

類義詞

바로（**馬上**ba ro）、당장（**立刻**dang jang）、즉시（**立刻**jeuk ssi）、금방（**馬上**geum bang）

例句

이제 곧 출발합니다.
i je got chul bal ham ni da
現在馬上出發。

이제 곧 크리스마스가 다가옵니다.
i je got keu ri seu ma seu ga da ga om ni da
眼看就要聖誕節了。

곱다

發音 gop tta

中譯 形 美、漂亮

039

類義詞

아름답다（漂亮a reum dap tta）

相關詞彙

예쁘다（漂亮ye ppeu da）、멋지다（好看、帥氣meot jji da）、화려하다（華麗hwa ryeo ha da）

形容詞變化

고운, 고와요, 고왔어요, 곱습니다

例句

마음씨가 고운 여자가 좋아요.
ma eum ssi ga go un yeo ja ga jo a yo
我喜歡心地善良的女孩。

피부가 참 고우시네요.
pi bu ga cham go u si ne yo
您的皮膚真好。

곳

發音 got

中譯 名 場所、地方

040

類義詞

장소（場所jang so）

相關詞彙

위치（位置wi chi）、지방（地方ji bang）、지역（地區ji yeok）

例句

그는 아주 먼 곳에 갈 거예요.
geu neun a ju meon go se gal kkeo ye yo
他將要去很遠的地方。

여기는 내가 태어난 곳이에요.
yeo gi neun nae ga tae eo nan go si e yo
這裡是我出生的地方。

공부하다

發音 gong bu ha da

中譯 動 讀書學習

041

相關詞彙

전공하다（主修jeon gong ha da）、학습하다（學習hak sseu pa da）、배우다（學習bae u da）

動詞變化

공부해요, 공부했어요, 공부할 거예요, 공부합니다

例句
다음 주는 기말고사니까 열심히 공부해야 됩니다.
da eum ju neun gi mal kko sa ni kka yeol sim hi gong bu hae ya doem ni da
下星期就是期末考了，必須用功讀書才行。
아르바이트를 해야 돼서 공부할 시간이 없어요.
a reu ba i teu reul hae ya dwae seo gong bu hal ssi ga ni eop sseo yo
必須要打工，所以沒有讀書的時間。

공원

 gong won

 名 公園

042

相關詞彙

정원（**庭園**jeong won）、화원（**花園**hwa won）、놀이공원（**遊樂園**no ri gong won）

例句
저는 매일 공원에 가서 운동을 해요.
jeo neun mae il gong wo ne ga seo un dong eul hae yo
我每天去公園運動。

공항

發音 gong hang

中譯 名 機場

相關詞彙

국제 공항（**國際機場**guk jje gong hang）、공항 버스（**機場巴士**gong hang beo seu）、비행기（**飛機**bi haeng gi）

例句

공항까지 데려다 주시겠습니까?
gong hang kka ji de ryeo da ju si get sseum ni kka
可以帶我到機場嗎？
인천공항에 어떻게 갑니까?
in cheon gong hang e eo tteo ke gam ni kka
如何去仁川機場？

관광

發音 gwan gwang

中譯 名 觀光

相關詞彙

관광 여행（**觀光旅行**gwan gwang yeo haeng）、관광산업（**觀光產業**gwan gwang sa neop）、관광객（**觀光客**gwan gwang gaek）、여행단（**旅行**

團yeo haeng dan）

例句 저는 관광하러 한국에 왔습니다.
jeo neun gwan gwang ha reo han gu ge wat sseum ni da
我是來韓國觀光的。
일본 관광지를 몇 군데 알려 주세요.
il bon gwan gwang ji reul myeot gun de al lyeo ju se yo
請告訴我幾個日本的觀光景點。

괜찮다

類義詞

상관 없다（**沒關係**sang gwan eop tta）

相關詞彙

무방하다（**無妨**）、문제 없다（**沒問題**mun je eop tta）

形容詞變化

괜찮은, 괜찮아요, 괜찮았어요, 괜찮습니다

例句 지금 가지 않아도 괜찮아요.
ji geum ga ji a na do gwaen cha na yo

例句
現在不去也沒關係。

이게 괜찮네요. 이걸로 주세요.
i ge gwaen chan ne yo i geol lo ju se yo
這個不錯耶，我要買這個。

교수

發音 gyo su

中譯 名 教授

046

相關詞彙

교사（教師gyo sa）、선생님（老師seon saeng nim）、조교（助教jo gyo）、부교수（副教授bu gyo su）

例句
저 분은 경제학을 가르치는 교수님이십니다.
jeo bu neun gyeong je ha geul kka reu chi neun gyo su ni mi sim ni da
那位是教經濟學的教授。

교실

發音 gyo sil

中譯 名 教室

047

類義詞

강의실（教室gang ui sil）

相關詞彙

칠판（黑板chil pan）、칠판지우개（板擦chil pan ji u gae）、분필（粉筆bun pil）

例句

우리 교실은 이 건물의 4층이에요.

u ri gyo si reun i geon mu rui sa cheung i e yo

我們教室在這棟建築的四樓。

선생님이 이미 교실에 들어가셨어요.

seon saeng ni mi i mi gyo si re deu reo ga syeo sseo yo

老師已經進教室了。

類義詞

성당（聖堂、教堂seong dang）

相關詞彙

기독교（基督教gi dok kkyo）、가톨릭（天主教ga tol lik）

例句

나는 일요일마다 교회에 가요.

na neun i ryo il ma da gyo hoe e ga yo

我每個星期日都會去教會。

구경하다

發音 gu gyeong ha da

中譯 動 參觀

049

相關詞彙

관상하다（觀賞gwan sang ha da）、감상하다（觀賞、欣賞gam sang ha da）、참관하다（參觀cham gwan ha da）

動詞變化

구경해요, 구경했어요, 구경할 거예요, 구경합니다

例句

야경을 구경하러 갈까요?
ya gyeong eul kku gyeong ha reo gal kka yo
要不要一起去看夜景？

어제 운동장에서 축구 시합을 구경했어요.
eo je un dong jang e seo chuk kku si ha beul kku gyeong hae sseo yo
昨天在運動場看了足球比賽。

구두

發音 gu du

中譯 名 皮鞋

050

相關詞彙

신발（鞋子sin bal）、구두굽（鞋跟gu du gup）、

하이힐（高跟鞋ha i hil）、샌들（涼鞋saen deul）、운동화（運動鞋un dong hwa）

例句 하이힐을 건강하게 신는 방법이 뭐예요?
ha i hi reul kkeon gang ha ge sin neun bang beo bi mwo ye yo
可以健康地穿高跟鞋的方法是什麼？

 guk

 湯

類義詞

수프（湯su peu）

相關詞彙

소고기국（牛肉湯so go gi guk）、야채국（蔬菜湯ya chae guk）

例句 맛있는 국을 만드는 법을 가르쳐 주세요.
ma sin neun gu geul man deu neun beo beul kka reu cheo ju se yo
請告訴我製作美味湯點的方法。

군인

發音 gu nin

中譯 名 軍人

相關詞彙

군대（**軍隊**gun dae）、병사（**士兵**byeong sa）、퇴역 군인（**退伍軍人**toe yeok gu nin）

例句

이년 전에 그는 아직 군인이었어요.

i nyeon jeo ne geu neun a jik gu ni ni eo sseo yo

兩年前，他還是軍人。

귀

發音 gwi

中譯 名 耳朵

相關詞彙

귀걸이（**耳環**gwi geo ri）、귀지（**耳屎**gwi ji）

例句

그녀는 귀를 막으면서 고개를 흔들어요.

geu nyeo neun gwi reul ma geu myeon seo go gae reul heun deu reo yo

她邊捂住耳朵邊搖頭。

귀엽다

發音 gwi yeop tta

中譯 形 可愛

054

相關詞彙

사랑스럽다（討人喜愛sa rang seu reop tta）

形容詞變化

귀여운, 귀여워요, 귀여웠어요, 귀엽습니다

例句

그 남자 아이가 참 귀여워요.

geu nam ja a i ga cham gwi yeo wo yo

那小男孩真可愛。

귀여운 인형.

gwi yeo un in hyeong

可愛的娃娃。

그

發音 geu

中譯 冠 代 那

055

反義詞

이（這i）

相關詞彙

그것（那個geu geot）、그분（他、那位geu bun）

例句 그 사람은 아세요?
geu sa ra meun a se yo
那個人你認識嗎？
그 모자는 누구 거예요?
geu mo ja neun nu gu geo ye yo
那頂帽子是誰的？

그래서

發音 geu rae seo

中譯 副 所以、因此

056

相關詞彙

그러므로（因此geu reo meu ro）、때문에（因為 ttae mu ne）

例句 길이 막혔어요. 그래서 지각했어요.
gi ri ma kyeo sseo yo geu rae seo ji ga kae sseo yo
路上塞車，所以遲到了。

그러나

發音 geu reo na

中譯 副 可是、然而

057

相關詞彙

하지만 (但是ha ji man) 、그런데 (不過geu reon de)

例句
이 가방이 예뻐요. 그러나 너무 비싸요.
i ga bang i ye ppeo yo geu reo na neo mu bi ssa yo
這包包很漂亮，可是很貴。

그리고

發音 geu ri go

中譯 副 而且、還有

相關詞彙

게다가 (加上ge da ga) 、또한 (而且tto han) 、

例句
우리 가족은 아버지, 어머니, 오빠, 그리고 저, 모두 네 명이에요.
u ri ga jo geun a beo ji eo meo ni o ppa geu ri go jeo mo du ne myeong i e yo
我們家有爸爸、媽媽、哥哥還有我，總共四個人。

그리다

發音 geu ri da

中譯 動 畫、繪

059

相關詞彙

그림（**圖畫**geu rim）、도안（**圖案**do an）、화가（**畫家**hwa ga）

動詞變化

그려요, 그렸어요, 그릴 거예요, 그립니다

例句

제 취미는 그림을 그리는 것입니다.

je chwi mi neun geu ri meul kkeu ri neun geo sim ni da

我的興趣是畫圖。

극장

發音 geuk jjang

中譯 名 劇場、戲院

060

相關詞彙

영화관（**電影院**yeong hwa gwan）、야외 극장（**露天劇院**ya oe geuk jjang）、영화 극장（**電影劇院**yeong hwa geuk jjang）

우리 오늘 극장에 갑시다.

例句
u ri o neul kkeuk jjang e gap ssi da
我們今天一起去劇院吧。

근처

發音 geun cheo

中譯 名 附近

類義詞

부근（附近bu geun）、인근（近處in geun）

相關詞彙

가까운 곳（附近ga kka un got）

例句
이 근처는 주유소가 있습니까?
i geun cheo neun ju yu so ga it sseum ni kka
這附近有加油站嗎？
우리 집 근처에 백화점이 있어요.
u ri jip geun cheo e bae kwa jeo mi i sseo yo
我們家附近有百貨公司。

發音 

中譯 

相關詞彙

문장（文句mun jang）、글자（文字geul jja）、한

글（韓文字han geul）

例句
이것은 초등학생이 지은 글이에요.
i geo seun cho deung hak ssaeng i ji eun geu ri e yo
這是小學生寫的文章。

類義詞

방금（剛才bang geum）、조금 전（剛才jo geum jeon）

例句
경찰이 금방 전에 왔어요.
gyeong cha ri geum bang jeo ne wa sseo yo
警察剛才來過了。
외운 단어들을 금방 잊어버려요.
oe un da neo deu reul kkeum bang i jeo beo ryeo yo
背好的單字馬上會忘記。

금요일

發音 geu myo il

中譯 名 星期五

相關詞彙

월요일（星期一wo ryo il）、화요일（星期二hwa yo il）、수요일（星期三su yo il）、목요일（星期四mo gyo il）、토요일（星期六to yo il）、일요일（星期日i ryo il）

例句

오늘은 1월 13일 금요일입니다.

o neu reun i rwol sip ssa mil geu myo i rim ni da

今天是1月13號星期五。

이번 금요일에 회사에 가지 않아도 됩니다.

i beon geu myo i re hoe sa e ga ji a na do doem ni da

這星期五可以不用去上班。

기다리다

發音 gi da ri da

中譯 動 等待、等候

相關詞彙

때를 기다리다（等待時機ttae reul kki da ri da）

動詞變化

기다려요, 기다렸어요, 기다릴 거예요, 기다립니다

例句

지하철 역에서 친구를 기다려요.
ji ha cheol yeo ge seo chin gu reul kki da ryeo yo
在地鐵站等朋友。

여기서 잠깐 기다려 주세요.
yeo gi seo jam kkan gi da ryeo ju se yo
請在這裡稍等一下。

기쁘다

發音 gi ppeu da

中譯 
形 高興、欣喜

066

反義詞

화가 나다（生氣hwa ga na da）、슬프다（傷心seul peu tta）

相關詞彙

즐겁다（開心jeul kkeop tta）、유쾌하다（愉快yu kwae ha da）、기분이 좋다（心情好gi bu ni jo ta）

形容詞變化

기쁜, 기뻐요, 기뻤어요, 기쁩니다

例句
여기까지 찾아 와줘서 기뻐요.
yeo gi kka ji cha ja wa jwo seo gi ppeo yo
你能來這裡我真高興。
기쁜 소식.
gi ppeun so sik
好消息。

기억나다

發音 gi eong na da

中譯 動 想起來

067

反義詞

잊어버리다（忘記i jeo beo ri da）

相關詞彙

기억（記憶gi eok）

動詞變化

기억나요, 기억났어요, 기억날 거예요, 기억납니다

例句
나는 친구랑 약속이 있는 것이 기억났어요.
na neun chin gu rang yak sso gi in neun geo si gi eong na sseo yo
我想起來我和朋友有約了。
어제 일은 기억났어요?
eo je i reun gi eong na sseo yo
昨天的事，想起來了嗎？

긴장되다

發音 gin jang doe da

中譯 動 緊張

068

類義詞

긴장하다（緊張gin jang ha da）

相關詞彙

불안하다（不安bu ran ha da）、긴장감（緊張感gin jang gam）

動詞變化

긴장돼요, 긴장됐어요, 긴장될 거예요, 긴장됩니다

例句

갑자기 긴장되기 시작했어요.
gap jja gi gin jang doe gi si ja kae sseo yo.
突然緊張起來。

너무 긴장하지 마세요.
neo mu gin jang ha ji ma se yo
別太緊張了。

길

gil

路

069

類義詞

도로（道路do ro）

相關詞彙

골목길（巷弄的小路gol mok kkil）、큰 길（大路、馬路keun gil）、길거리（街道gil geo ri）

例句
회사에 가는 길에서 우연히 친구를 만났어요.
hoe sa e ga neun gi re seo u yeon hi chin gu reul man na sseo yo
在去公司的路上偶然遇到了朋友。

길다

gil da

長

反義詞

짧다（短jjap tta）

相關詞彙

밤이 길다（夜長ba mi gil da）

形容詞變化

긴, 길어요, 길었어요, 깁니다

例句
내 머리가 너무 길어서 짧게 자르고 싶어요.
nae meo ri ga neo mu gi reo seo jjap kke ja reu go si peo yo
我的頭髮太長了，想剪短一點。

까만색

發音 kka man saek

中譯 名 黑色

類義詞

검은색（黑色geo meun saek）、검정색（黑色geom jeong saek）、흑색（黑色heuk ssaek）

相關詞彙

색깔（顏色saek kkal）

例句

나는 까만색이 좋습니다.
na neun kka man sae gi jo sseum ni da
我喜歡黑色。

까만색 외투를 사고 싶습니다.
kka man saek oe tu reul ssa go sip sseum ni da
我想買黑色的外套。

깨끗하다

發音 kkae kkeu ta da

中譯 形 乾淨

反義詞

더럽다（髒deo reop tta）、지저분하다（髒亂ji jeo bun ha da）

類義詞

청결하다（清潔cheong gyeol ha da）、말끔하다（整潔mal kkeum ha da）

形容詞變化

깨끗한, 깨끗해요, 깨끗했어요, 깨끗합니다

例句

방을 깨끗하게 청소해 주세요.
bang eul kkae kkeu ta ge cheong so hae ju se yo
請將房間打掃乾淨。

깨끗한 옷을 갈아입었어요.
kkae kkeu tan o seul kka ra i beo sseo yo.
換穿了乾淨的衣服。

깨다

kkae da

醒、睡醒

相關詞彙

일어나다（起床i reo na da）、기상하다（起床gi sang ha da）、깨어나다（清醒過來kkae eo na da）

動詞變化

깨요, 깼어요, 깰 거예요, 깹니다

例句
오늘 아침에는 9시에 깼어요.
o neul a chi me neun a hop ssi e kkae sseo yo
今天早上9點醒了。
자명종 소리에 잠을 깼어요.
ja myeong jong so ri e ja meul kkae sseo yo
被鬧鐘聲音叫醒了。

發音 gok

中譯 副 一定、必定

074

類義詞

반드시（一定ban deu si）、필히（必須pil hi）

例句
제가 꼭 가겠습니다.
je ga kkok ga get sseum ni da
我一定會去。
내일까지 이 일을 꼭 끝내 주세요.
nae il kka ji i i reul kkok kkeun nae ju se yo
明天以前，一定要完成這件事。

끄다

發音 kkeu da

中譯 動 熄滅、關上（開關）

075

反義詞

켜다（打開kyeo da）

相關詞彙

촛불을 끄다（熄滅燭火chot ppu reul kkeu da）

動詞變化

꺼요, 껐어요, 끌 거예요, 끕니다

例句

나가기 전에 전등을 끄세요.

na ga gi jeo ne jeon deung eul kkeu se yo

出門前，請關燈。

끝나다

發音 kkeun na da

中譯 動 結束

076

相關詞彙

마치다（結束ma chi da）、종료하다（終了jong nyo ha da），마무르다（收尾ma mu reu da）

動詞變化

끝나요, 끝났어요, 끝날 거예요, 끝납니다

例句
시험이 끝난 후에 같이 놀러 갑시다.
si heo mi kkeun nan hu e ga chi nol leo gap ssi da
考試結束後，一起去玩吧。
여름방학이 끝났어요.
yeo reum bang ha gi kkeun na sseo yo
暑假結束了。

끼다

發音 kki da

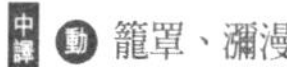
中譯 動 籠罩、瀰漫

077

相關詞彙

먼지가 끼다（長灰塵meon ji ga kki da）、안개가 끼다（大霧瀰漫an gae ga kki da）

動詞變化

껴요, 꼈어요, 낄 거예요, 낍니다

例句
먹구름이 끼고 있네요. 비가 내릴 것 같아요.
meok kku reu mi kki go in ne yo bi ga nae ril geot ga ta yo
烏雲密布耶，好像要下雨了。

開頭詞彙

나

發音 na

中譯 代 我

類義詞

저（我jeo）

相關詞彙

너（你neo）、당신（您dang sin）

例句

나는 회사원이에요.
na neun hoe sa wo ni e yo
我是公司員工。

나는 한국요리를 만들 줄 알아요.
na neun han gu gyo ri reul man deul jjul a ra yo
我會做韓國料理。

나가다

反義詞

나오다（出來na o da）

相關詞彙

가다（去ga da）

動詞變化

나가요, 나갔어요, 나갈 거예요, 나갑니다

例句
그는 밖에 나갔어요.
geu neun ba kke na ga sseo yo
他出去外面了。

類義詞

국가 (國家guk kka)

相關詞彙

섬나라 (島國seom na ra)

例句
우리나라는 선진국입니다.
u ri na ra neun seon jin gu gim ni da
我國是先進國家。
당신은 어느 나라 사람이에요?
dang si neun eo neu na ra sa ra mi e yo
你是哪個國家的人？

나쁘다

發音 na ppeu da

中譯 形 壞、不好

反義詞

좋다（好jo ta）

形容詞變化

나쁜, 나빠요, 나빴어요, 나쁩니다

例句

영어 성적이 나빠요.
yeong eo seong jeo gi na ppa yo
英語成績不好。

품질이 나빠서 사고 싶지 않아요.
pum ji ri na ppa seo sa go sip jji a na yo
因為品質不好，不想買。

나이

發音 na i

中譯 名 年紀、年齡

類義詞

연령（年齡yeol lyeong）、연세（年紀yeon se）

例句

젊은 나이.
jeol meun na i

年紀輕。

나이가 어떻게 돼요?

na i ga eo tteo ke dwae yo

你幾歲？

나타나다

發音 na ta na da

中譯 動 出現

反義詞

사라지다（消失sa ra ji da）

相關詞彙

드러나다（露出deu reo na da）

動詞變化

나타나요, 나타났어요, 나타날 거예요, 나타납니다

例句

왜 갑자기 나타났어요?

wae gap jja gi na ta na sseo yo

你怎麼突然出現了？

날씨

發音 nal ssi

中譯 名 天氣

相關詞彙

일기 예보 (天氣預報il gi ye bo) 、기후 (氣候gi hu)

例句 내일 날씨가 어떨까요?
nae il nal ssi kka eo tteol kka yo
明天天氣怎麼樣？

남기다

發音 nam gi da

中譯 動 留下、保留

類義詞

남겨 두다 (留下nam gyeo du da)

反義詞

가져가다 (帶走ga jeo ga da)

動詞變化

남겨요, 남겼어요, 남길 거예요, 남깁니다

例句 음식을 남기지 말고 다 먹어야 돼요.
eum si geul nam gi ji mal kko da meo geo ya dwae yo
別留下食物，都要吃完。

남자

發音 nam ja

中譯 名 男子、男人

086

類義詞

남성（男性nam seong）、사내（男子sa nae）

反義詞

여자（女子yeo ja）、여성（女性yeo seong）

例句 그 남자는 네 친구예요?
geu nam ja neun ne chin gu ye yo
那男生是你的朋友嗎？

남쪽

nam jjok

名 南邊、南方

087

類義詞

남방（南方nam bang）

反義詞

북쪽（北方buk jjok）

相關詞彙

남부（南部nam bu）

북쪽에 앉아 남쪽을 향하다.

例句
buk jjo ge an ja nam jjo geul hyang ha da
坐北朝南。

남편

發音 nam pyeon

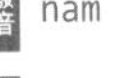
中譯 名 丈夫

088

反義詞

아내（妻子）

相關詞彙

전남편（前夫jeon nam pyeon）

例句
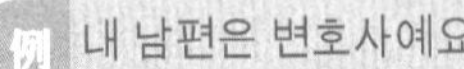
내 남편은 변호사예요.
nae nam pyeo neun byeon ho sa ye yo
我丈夫是律師。

낮

發音 nat

中譯 名 白天

089

類義詞

대낮（大白天dae nat）

反義詞

밤（夜bam）

例句 저는 낮에는 학교에서 공부를 하고 밤에는 식당에서 아르바이트해요.
jeo neun na je neun hak kkyo e seo gong bu reul ha go ba me neun sik ttang e seo a reu ba i teu hae yo
我白天在學校讀書，晚上在小吃店打工。

낮다

發音 nat tta

中譯 形 低、矮

090

反義詞

높다（高nop tta）

形容詞變化

낮은, 낮아요, 낮았어요, 낮습니다

例句 아침 기온은 아주 낮습니다.
a chim gi o neun a ju nat sseum ni da
早晨氣溫很低。

내년

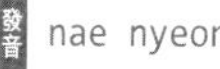

發音 nae nyeon

中譯 名 明年

091

類義詞

다음 해 (來年da eum hae)

反義詞

금년 (今年geum nyeon) 、올해 (今年ol hae)

相關詞彙

내년 가을 (明年秋天nae nyeon ga eul)

例句 내년에 미국에 갈 예정입니다.
nae nyeo ne mi gu ge gal ye jeong im ni da
預計明年要去美國。

내리다

發音 nae ri da

中譯 動 下、下來

類義詞

떨어지다 (落、降下tteo reo ji da)

反義詞

오르다 (升、上去o reu da)

相關詞彙

내려가다 (下去nae ryeo ga da) 、내려오다 (下來nae ryeo o da)

動詞變化

내려요, 내렸어요, 내릴 거예요, 내립니다

밖에 비가 내리고 있습니다.

例句 ba kke bi ga nae ri go it sseum ni da
外面正在下雨。
물가가 많이 내렸어요.
mul ga ga ma ni nae ryeo sseo yo
物價下跌很多了。

내일

發音 nae il

中譯 名 明天

反義詞

오늘 (今天o neul)

相關詞彙

내일 아침 (明天早上nae il a chim)

例句 내일 어디서 만날까요?
nae il eo di seo man nal kka yo
明天我們在哪見面？

냄새

發音 naem sae

中譯 名 味道

相關詞彙

향기로운 냄새 (香味hyang gi ro un naem sae) 、

구린 냄새 (臭味gu rin naem sae)

例句
이 냄새를 맡아 보세요.
i naem sae reul ma ta bo se yo
你聞聞看這個味道。

너

 neo

 代 你

095

類義詞

당신 (您dang sin) 、자네 (你ja ne)

反義詞

나 (我na)

例句
넌 누구야?
neon nu gu ya
你是誰？
넌 입 다물어라.
neon ip da mu reo ra
你閉嘴！

너무

發音 neo mu

中譯 副 太、非常

類義詞

몹시 (非常mop ssi) 、매우 (很mae u)

相關詞彙

지나치게 (過分、太ji na chi ge)

例句

너무 맛있어요.
neo mu ma si sseo yo
太好吃。

음식이 너무 많아서 다 먹을 수 없어요.
eum si gi neo mu ma na seo da meo geul ssu eop sseo yo
食物太多，沒辦法全部吃完。

넓다

發音 neop da

中譯 形 寬、廣闊

類義詞

너르다 (寬敞neo reu da)

反義詞

좁다 (窄、小jop tta)

形容詞變化

넓은, 넓어요, 넓었어요, 넓습니다

例句
넓은 집에서 살고 싶어요.
neop eun ji be seo sal kko si peo yo
我想住大房子。
발이 넓다.
ba ri neop da
交際廣。

넘어지다

發音 neo meo ji da

中譯 動 摔倒、跌倒

類義詞

쓰러지다（倒下sseu reo ji da）、자빠지다（摔倒 ja ppa ji da）

反義詞

일어서다（站起來i reo seo da）

動詞變化

넘어져요, 넘어졌어요, 넘어질 거예요, 넘어집니다

例句
아이가 길에서 넘어졌어요.
a i ga gi re seo neo meo jeo sseo yo
小孩在路上跌倒了。

發音 neo ta

中譯 動 裝入、裝進

反義詞

꺼내다（拿出來kkeo nae da）

相關詞彙

놓다（放置no ta）

動詞變化

넣어요, 넣었어요, 넣을 거예요, 넣습니다

例句

편지를 우체통에 넣어주세요.
pyeon ji reul u che tong e neo eo ju se yo
請將信件投入郵筒。

핸드폰을 가방 안에 넣었어요.
haen deu po neul kka bang a ne neo eo sseo yo
把手機放入包包裡了。

發音 no ran saek

中譯 名 黃色

類義詞

노랑（黃色no rang）、황색（黃色hwang saek）

例句
이 옅은 노란색 옷이 참 마음에 들어요.
i yeo teun no ran saek o si cham ma eu me deu reo yo
我很喜歡這件淡黃色的衣服。

노래

發音 no rae

中譯 名 歌

101

相關詞彙

가곡(曲子ga gok)、멜로디(旋律mel lo di)、가사(歌詞ga sa)、가수(歌手ga su)

例句
나는 한국 노래를 부를 줄 알아요.
na neun han guk no rae reul ppu reul jjul a ra yo
我會唱韓文歌。
같이 노래방에 갑시다.
ga chi no rae bang e gap ssi da
一起去練歌房吧。

노력하다

發音 no ryeo ka da

中譯 動 努力

102

類義詞

열심히 하다 (努力yeol sim hi ha da)

反義詞

놀다 (玩樂nol da)

相關詞彙

분발하다 (奮發bun bal ha tta)

動詞變化

노력해요, 노력했어요, 노력할 거예요, 노력합니다

例句

함께 노력합시다.
ham kke no ryeo kap ssi da
一起努力吧！

가족을 위해서 더욱 노력해야 합니다.
ga jo geul wi hae seo deo uk no ryeo kae ya ham ni da
為了家人，必須更努力才行。

nok ssaek

名 綠色

相關詞彙

초록색 (草綠色cho rok ssaek)

이 지갑은 진한 녹색이 더 예쁩니다.

i ji ga beun jin han nok ssae gi deo ye ppeum ni da

這皮夾深綠色比較漂亮。

놀다

發音 nol da

中譯 動 玩、遊玩

反義詞

일하다（工作il ha da）

相關詞彙

장난치다（嬉鬧jang nan chi da）、휴식하다（休息hyu si ka da）

動詞變化

놀아요, 놀았어요, 놀 거예요, 놉니다

例句

오늘 만큼은 마음껏 노세요.

o neul man keu meun ma eum kkeot no se yo

今天就請您盡情玩耍。

놀이공원에 가서 놀았어요.

no ri gong wo ne ga seo no ra sseo yo

去遊樂園玩了。

 nop tta

 高

反義詞

낮다 (低nat tta)

形容詞變化

높은, 높아요, 높았어요, 높습니다

그녀는 눈이 높아요.

geu nyeo neun nu ni no pa yo

她眼光很高。

한국에서 가장 높은 산은 어떤 산인가요?

han gu ge seo ga jang no peun sa neun eo tteon sa nin ga yo

韓國最高的山是什麼山？

 no ta

 放、佈置

相關詞彙

넣다 (裝入neo ta)

動詞變化

놓아요, 놓았어요, 놓을 거예요, 놓습니다

例句
컵을 식탁 위에 놓으세요.
keo beul ssik tak wi e no eu se yo
請把杯子放在餐桌上。

누나

發音 nu na

中譯 名 姊姊（弟稱姊）

類義詞

언니（姊姊eon ni）、누님（姊姊nu nim）

反義詞

형（哥哥hyeong）、오빠（哥哥o ppa）

내 누나는 간호사예요.
nae nu na neun gan ho sa ye yo
我姊姊是護士。

누르다

發音 nu reu da

中譯 動 按、壓

相關詞彙

억압하다（壓迫eo ga pa da）、억누르다（壓制eong nu reu da）

動詞變化

눌러요, 눌렀어요, 누를 거예요, 누릅니다

例句 이 버튼을 누르면 컴퓨터를 켤 수 있어요.
i beo teu neul nu reu myeon keom pyu teo reul kyeol su i sseo yo
按這個按鍵，就可以開啟電腦。

 nun

 眼睛、目光

 109

相關詞彙

눈물（**眼淚**nun mul）、눈빛（**目光**nun bit）、눈동자（**眼珠子**nun ttong ja）、눈썹（**眉毛**nun sseop）

例句 눈을 감아 주세요.
nu neul kka ma ju se yo
請閉上眼睛。

 nun

 雪

 110

相關詞彙

눈썰매（雪橇nun sseol mae）、눈사람（雪人nun sa ram）、눈싸움（打雪戰nun ssa um）

例句
올해 크리스마스는 눈이 왔어요.
ol hae keu ri seu ma seu neun nu ni wa sseo yo
今年的聖誕節下雪了。

發音 neu ri da

中譯 形 緩慢、遲緩

111

類義詞

천천하다（慢cheon cheon ha da）

反義詞

빠르다（快ppa reu da）

形容詞變化

느린, 느려요, 느렸어요, 느립니다

例句
그 노인이 행동이 느립니다.
geu no i ni haeng dong i neu rim ni da
那位老人行動緩慢。
속도가 느립니다.
sok tto ga neu rim ni da
速度慢。

發音 neul

中譯 副 總是、經常

112

類義詞

항상（經常hang sang）、언제나（總是eon je na）

反義詞

가끔（偶爾ga kkeum）

相關詞彙

자주（常常ja ju）

例句

일요일에는 늘 집에서 공부해요.

i ryo i re neun neul jji be seo gong bu hae yo

星期日總是在家讀書。

發音 neul tta

中譯 動 提高、增長

113

類義詞

증가하다（增加jeung ga ha da）

反義詞

줄이다（降低、減少ju ri da）

動詞變化

늘어요, 늘었어요, 늘 거예요, 늡니다

例句 일본에서 생활하다 보면 실력이 금방 늘 거예요.

il bo ne seo saeng hwal ha da bo myeon sil lyeo gi geum bang neul kkeo e yo

如果在日本生活，實力會馬上增強。

몸무게가 점점 늘어요.

mom mu ge ga jeom jeom neu reo yo

體重慢慢增加。

發音 neut tta

中譯 形 動 晚、遲

114

類義詞

지각하다 (**遲到**ji ga ka da)

形容詞變化

늦은, 늦어요, 늦었어요, 늦습니다

例句 지금 시작하지 않으면 늦습니다.

ji geum si ja ka ji a neu myeon neut sseum ni da

如果現在不開始，就太晚了。

많이 늦어서 미안해요.

ma ni neu jeo seo mi an hae yo
抱歉我來晚了。

開頭詞彙

다

 da

 副 都、全部

類義詞

모두（全部mo du）、전부（全部 jeon bu）

例句

다 먹어도 될까요?
da meo geo do doel kka yo
可以全部吃掉嗎？

다 같이 갑시다.
da ga chi gap ssi da
大家一起去吧。

다니다

 da ni da

中譯 動 來往、上（班、學）

相關詞彙

다녀오다（去去就回da nyeo o da）、다녀가다（去過da nyeo ga da）

動詞變化

다녀요, 다녔어요, 다닐 거예요, 다닙니다

매일 버스로 회사에 다녀요.

例句

mae il beo seu ro hoe sa e da nyeo yo

每天搭公車去公司。

화장실 좀 다녀올게요.

hwa jang sil jom da nyeo ol ge yo

我去一下廁所。

다르다

 da reu da

 形 不同、其他

反義詞

같다 (一樣gat tta)

相關詞彙

차이가 있다 (有差異cha i ga it tta)

形容詞變化

다른, 달라요, 달랐어요, 다릅니다

例句

우리 생각은 다릅니다.

u ri saeng ga geun da reum ni da

我們的想法不同。

다른 색깔이 없어요?

da reun saek kka ri eop sseo yo

沒有其他的顏色嗎？

다리

發音 da ri

中譯 名 腿

118

類義詞

발（腳bal）

反義詞

손（手son）

相關詞彙

닭다리（雞腿dak tta ri）

例句

넘어져서 다리를 다쳤어요.

neo meo jeo seo da ri reul tta cheo sseo yo

跌倒後腿就受傷了。

다시

發音 da si

中譯 副 又、再次

119

類義詞

또（又、再tto）

反義詞

한번（一次han beon）

다시 한 번 설명해 주시겠어요?

例句 da si han beon seol myeong hae ju si ge sseo yo
可以再說明一次嗎？

다이어트

發音 da i eo teu

中譯 名 節食、減肥

相關詞彙

살을 빼다（減肥sa reul ppae da）、다이어트 약（減肥藥da i eo teu yak）

例句 요즘 다이어트 중이라서 저녁을 안 먹습니다.
yo jeum da i eo teu jung i ra seo jeo nyeo geul an meok sseum ni da
因為最近在減肥，所以不吃晚餐。

다치다

發音 da chi da

中譯 動 受傷

相關詞彙

손상되다（損傷son sang doe da）、상처를 입다（受傷sang cheo reul ip tta）、부상하다（受傷bu sang ha da）

動詞變化

다쳐요, 다쳤어요, 다칠 거예요, 다칩니다

例句

손은 어떻게 다쳤어요?
so neun eo tteo ke da cheo sseo yo
手怎麼受傷的？
허리를 다쳤어요.
heo ri reul tta cheo sseo yo.
腰受傷了。

닫다

 dat tta

 動 關、閉

反義詞

열다（打開yeol da）

相關詞彙

덮다（蓋上deop tta）

動詞變化

닫아요, 닫았어요, 닫을 거예요, 닫습니다

例句

추우니까 창문 좀 닫아 주세요.
chu u ni kka chang mun jom da da ju se yo
很冷請把窗戶關起來。
지난 주부터 그 회사가 문을 닫았어요.

ji nan ju bu teo geu hoe sa ga mu neul tta da sseo yo

從上星期開始，那間公司就關門大吉了。

달

發音 dal

中譯 名 月亮

相關詞彙

보름달（**滿月**bo reum dal）、별（**星星**byeol）、밝은 달（**明月**bal geun dal）

例句

달을 구경하러 옥상에 올라갔어요.

da reul kku gyeong ha reo ok ssang e ol la ga sseo yo

爬上屋頂賞月。

類義詞

달콤하다（**甜蜜**dal kom ha da）

反義詞

짜다（**鹹**jja da）

相關詞彙

시다（酸si da）、맵다（辣maep tta）、싱겁다（沒味道sing geop tta）

形容詞變化

단, 달아요, 달았어요, 답니다

例句 너무 단 것은 안 좋아해요.
neo mu dan geo seun an jo a hae yo
不喜歡太甜的東西。

달리다

發音 dal li da

中譯 動 疾駛、奔馳

125

類義詞

뛰다（跑ttwi da）

相關詞彙

달려가다（跑過去dal lyeo ga da）、달려오다（跑過來dal lyeo o da）、달려들다（衝上去dal lyeo deul tta）

動詞變化

달려요, 달렸어요, 달릴 거예요, 달립니다

例句 그는 매우 빨리 달립니다.
geu neun mae u ppal li dal lim ni da

他跑得很快。

 dak

 雞

相關詞彙

닭고기（雞肉dal kko gi）、치킨（炸雞chi kin）

例句
닭이 울다.
dal gi ul da
雞叫。

 dae hak

 大學、學院

相關詞彙

대학교（大學dae hak kkyo）、대학생（大學生dae hak ssaeng）、대학원（研究所dae ha gwon）

例句
좋은 대학에 들어가기 위해서 열심히 공부해야 합니다.
jo eun dae ha ge deu reo ga gi wi hae seo

yeol sim hi gong bu hae ya ham ni da
為了進入好的大學，必須用功讀書。
어떤 대학 나왔어요?
eo tteon dae hak na wa sseo yo?
你是哪個學校畢業的？

더

類義詞

더욱（更加deo uk）、훨씬（更hwol ssin）

相關詞彙

한층 더（更加han cheung deo）

例句

이것은 그것보다 더 싸요.
i geo seun geu geot ppo da deo ssa yo
這個比那個更便宜。

더럽다

類義詞

불결하다（不乾淨bul gyeol ha da）、지저분하다

（髒亂ji jeo bun ha da）

反義詞

깨끗하다（乾淨kkae kkeu ta da）

形容詞變化

더러운, 더러워요, 더러웠어요, 더럽습니다

例句
물이 너무 더러워요.
mu ri neo mu deo reo wo yo
水太髒了。

덥다

發音 deop tta

中譯 形 熱

反義詞

춥다（冷chup tta）

相關詞彙

뜨겁다（燙tteu geop tta）

形容詞變化

더운, 더워요, 더웠어요, 덥습니다.

例句
날씨가 너무 더워서 일을 하고 싶지 않아요.
nal ssi kka neo mu deo wo seo i reul ha go sip jji a na yo
天氣太熱，不想做事。

덮다

發音 deop tta

中譯 動 蓋、掩蓋

反義詞

열다（打開yeol da）

相關詞彙

가리다（遮住ga ri da）、뒤덮다（覆蓋dwi deop tta）

動詞變化

덮어요, 덮었어요, 덮을 거예요, 덮습니다

例句

책을 덮어 주세요.
chae geul tteo peo ju se yo
請把書闔上。

도착하다

發音 do cha ka da

中譯 動 抵達

類義詞

도달하다（到達do dal ha tta）、이르다（抵達i reu da）

反義詞

출발하다（出發chul bal ha tta）

動詞變化

도착해요, 도착했어요, 도착할 거예요, 도착합니다

例句
오후 3시 전에 대구에 도착할 수 있어요?
o hu se si jeo ne dae gu e do cha kal ssu i sseo yo
下午三點前可以抵達大邱嗎？
그는 이미 서울에 도착했어요.
geu neun i mi seo u re do cha kae sseo yo
他已經抵達首爾了。

 don

 錢

相關詞彙

금액（**金額**geu maek）、지폐（**鈔票**ji pye）、동전（**銅板**dong jeon）、한국돈（**韓幣**han guk tton）

例句
돈을 벌기 위해 일해야 돼요.
do neul ppeol gi wi hae il hae ya dwae yo
為了賺錢必須要工作。

돌아가다

發音 do ra ga da

中譯 動 回去

反義詞

돌아오다（回來do ra o da）

動詞變化

돌아가요, 돌아갔어요, 돌아갈 거예요, 돌아갑니다

例句

피곤하시면 집에 돌아가세요.
pi gon ha si myeon ji be do ra ga se yo
你如果累了，就回家吧。

돌아갈 곳이 없어요.
do ra gal kko si eop sseo yo
沒有可以回去的地方。

돕다

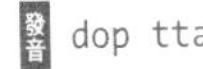

發音 dop tta

中譯 動 幫助

類義詞

도와 주다（幫助他人do wa ju da）

相關詞彙

원조하다（幫助won jo ha da）

動詞變化

도와요, 도왔어요, 도울 거예요, 돕습니다

例句
저를 도와 주세요.
jeo reul tto wa ju se yo
請幫幫我。
너를 도울 수 없어요.
neo reul tto ul su eop sseo yo
沒辦法幫你。

동물

相關詞彙

동물원（**動物園**dong mu rwon）、야생 동물（**野生動物**ya saeng dong mul）

例句
어떤 동물을 좋아하세요?
eo tteon dong mu reul jjo a ha se yo
你喜歡什麼動物？

동생

相關詞彙

남동생（弟弟nam dong saeng）、여동생（妹妹yeo dong saeng）

例句
여동생은 유치원에 갔어요.
yeo dong saeng eun yu chi wo ne ga sseo yo
妹妹去了幼稚園。

동쪽

發音 dong jjok

中譯 名 東邊

138

類義詞

동방（東方dong bang）

反義詞

서쪽（西邊seo jjok）、서방（西方seo bang）

例句
왜 해는 동쪽에서 떠요?
wae hae neun dong jjo ge seo tteo yo
為什麼太陽從東邊升起呢？

돼지

發音 dwae ji

中譯 名 豬

139

相關詞彙

돼지털（豬毛dwae ji teol）、돼지고기（豬肉dwae ji go gi）、멧돼지（野豬met ttwae ji）、돼지꿈（吉祥夢dwae ji kkum）

例句
시장에서 돼지고기를 샀어요.
si jang e seo dwae ji go gi reul ssa sseo yo
在市場買了豬肉。

두껍다

du kkeop tta

厚

反義詞

얇다（薄yap tta）

相關詞彙

두텁다（深厚du teop tta）

形容詞變化

두꺼운, 두꺼워요, 두꺼웠어요, 두껍습니다

例句
이 책은 정말 두꺼워요.
i chae geun jeong mal ttu kkeo wo yo
這本書真厚。

두다

發音 du da

中譯 動 置、放

141

類義詞

놓다 (放no ta)

相關詞彙

내버려 두다 (置之不理nae beo ryeo du da)

動詞變化

둬요, 뒀어요, 둘 거예요, 둡니다

例句

열쇠를 어디다 두었지?

yeol soe reul eo di da du eot jji

鑰匙放在哪裡了？

뒤

發音 dwi

中譯 名 後面、後來

142

類義詞

뒤쪽 (後面dwi jjok) 、후방 (後方hu bang)

反義詞

앞 (前面ap)

뒤로 도세요.

例句
dwi ro do se yo
請往後轉。
문 뒤에 고양이 한 마리가 있어요.
mun dwi e go yang i han ma ri ga i sseo yo
門後有一隻貓咪。

드리다

發音 deu ri da

中譯 動 給、送、奉上（謙語）

143

類義詞

주다（給ju da）

反義詞

받다（得到bat tta）

動詞變化

드려요, 드렸어요, 드릴 거예요, 드립니다

例句
일을 도와 드릴까요?
i reul tto wa deu ril kka yo
要幫您做事嗎？
드릴 말씀이 있어요.
deu ril mal sseu mi i sseo yo
我有話要跟您說。

聽

類義詞

들리다（**聽見**deul li da）

反義詞

말하다（**說**mal ha tta）

動詞變化

들어요, 들었어요, 들을 거예요, 듣습니다

例句

음악을 들으면서 숙제를 합니다.

eu ma geul tteu reu myeon seo suk jje reul ham ni da

邊聽音樂邊寫作業。

이상한 소리를 들었어요.

i sang han so ri reul tteu reo sseo yo

聽到了奇怪的聲音。

들다

類義詞

들어올리다（**舉起**deu reo ol li da）

反義詞

내려놓다 (放下nae ryeo no ta)

動詞變化

들어요, 들었어요, 들 거예요, 듭니다

例句

하얀색 가방을 들고 있는 여자는 누구예요?

ha yan saek ga bang eul tteul kko in neun yeo ja neun nu gu ye yo

提著白色包包的女子是誰？

펜을 들어 주세요.

pe neul tteu reo ju se yo

請提起筆來。

反義詞

들어오다 (進來deu reo o da)

相關詞彙

참가하다 (參加cham ga ha da)

動詞變化

들어가요, 들어갔어요, 들어갈 거예요, 들어갑니다

빨리 교실에 들어가세요.

例句

ppal li gyo si re deu reo ga se yo
請快點進教室。
함부로 들어가지 마세요.
ham bu ro deu reo ga ji ma se yo
請勿隨便進入。

등산

發音 deung san

中譯 名 爬山、登山

類義詞

산을 오르다 (爬山sa neul o reu da)

相關詞彙

등산가 (登山家deung san ga)、등산복 (登山服deung san bok)、등산화 (登山鞋deung san hwa)、등산 장비 (登山裝備deung san jang bi)

例句

주말에 같이 등산을 갈까요?
ju ma re ga chi deung sa neul kkal kka yo
周末要不要一起去登山？

디자인

發音 di ja in

中譯 名 設計、圖案

相關詞彙

도안（圖案do an）、설계도（設計圖seol gye do）、양식（樣式yang sik）、스타일（款式seu ta il）、디자이너（設計師di ja i neo）

例句

더 화려한 디자인이 없어요?
deo hwa ryeo han di ja i ni eop sseo yo
沒有更華麗一點的設計嗎？
이런 디자인은 마음에 들어요.
i reon di ja i neun ma eu me deu reo yo
我很喜歡這種設計。

따뜻하다

溫暖

類義詞

온난하다（溫暖on nan ha da）

反義詞

차갑다（冰冷cha gap tta）

相關詞彙

포근하다（暖和po geun ha da）、미지근하다（溫熱mi ji geun ha da）

形容詞變化

따뜻한, 따뜻해요, 따뜻했어요, 따뜻합니다

커피는 따뜻한 걸로 드릴까요? 아니면 차가운 걸로 드릴까요?

keo pi neun tta tteu tan geol lo deu ril kka yo a ni myeon cha ga un geol lo deu ril kka yo

咖啡你要熱的？還是冰的？

 ttal

 女兒

反義詞

아들（兒子a deul）

相關詞彙

큰딸（大女兒keun ttal）、둘째 딸（第二個女兒dul jjae ttal）

우리 딸은 다음 주에 결혼할 거예요.

u ri tta reun da eum ju e gyeol hon hal kkeo ye yo

我女兒下星期要結婚了。

 ttae

 時候、時期

相關詞彙

시기（時期si gi）、시대（時代si dae）、시각（時刻si gak）

例句

그때는 아무것도 몰랐어요.

geu ttae neun a mu geot tto mol la sseo yo

那時，我什麼也不知道。

고등학교 다닐 때는 나는 학교 기숙사에서 살았어요.

go deung hak kkyo da nil ttae neun na neun hak kkyo gi suk ssa e seo sa ra sseo yo

就讀高中的時候，我住在學校宿舍。

떠나다

反義詞

같이 있다（陪伴ga chi it tta）

相關詞彙

헤어지다（分開he eo ji da）、세상을 떠나다（過世se sang eul tteo na da）

動詞變化

떠나요, 떠났어요, 떠날 거예요, 떠납니다

例句

떠나기 전에 당신을 한 번 만나고 싶어요.
tteo na gi jeo ne dang si neul han beon man na go si peo yo
離開前，我想見你一面。

저는 집을 떠난 지 벌써 10년 되었어요.
jeo neun ji beul tteo nan ji beol sseo sim nyeon doe eo sseo yo
我離開家裡已經十年了。

떨어지다

發音 tteo reo ji da

中譯 動 掉落、下降

153

反義詞

올라가다（上升ol la ga da）、상승하다（上升sang seung ha da）

相關詞彙

내려가다（下去nae ryeo ga da）

動詞變化

떨어져요, 떨어졌어요, 떨어질 거예요, 떨어집니다

例句

주가가 많이 떨어졌어요.
ju ga ga ma ni tteo reo jeo sseo yo
股價下跌許多。

가을이 되면 기온이 떨어질 거예요.

例句
ga eu ri doe myeon gi o ni tteo reo jil geo ye yo
一到秋天，氣溫就會下降。

뛰다

發音 ttwi da

中譯 動 跑、跳動

154

相關詞彙

두근거리다（心跳動du geun geo ri da）、뛰어다니다（跑來跑去ttwi eo da ni da）

動詞變化

뛰어요, 뛰었어요, 뛸 거예요, 뜁니다

例句
교실에서 뛰지 마세요.
gyo si re seo ttwi ji ma se yo
不要在教室奔跑。
갑자기 심장이 마구 뛰네요.
gap jja gi sim jang i ma gu ttwi ne yo
心臟突然亂跳了起來。

뜨겁다

發音 tteu geop tta

中譯 形 燙、熱、熱情

155

類義詞

따끈하다（溫熱tta kkeun ha da）

反義詞

차갑다（冰冷cha gap tta）

形容詞變化

뜨거운, 뜨거워요, 뜨거웠어요, 뜨겁습니다

例句 뜨거우니까 조심히 드세요.
tteu geo u ni kka jo sim hi deu se yo
很燙請小心食用。

 tteut

 名 意味、意義

類義詞

의미（含意ui mi）、의의（意義ui ui）

例句 그게 무슨 뜻이에요?
geu ge mu seun tteu si e yo
那是什麼意思？
아무리 생각해도 뜻을 모르겠어요.
a mu ri saeng ga kae do tteu seul mo reu ge sseo yo
無論怎麼想，也不明白什麼意思。

ㄹ

開頭詞彙

라디오

發音 ra di o

中譯 名 收音機

157

相關詞彙

라디오 뉴스（廣播新聞ra di o nyu seu）

例句

라디오가 고장 난 것 같아요.

ra di o ga go jang nan geot ga ta yo

收音機好像壞掉了。

라면

發音 ra myeon

中譯 名 泡麵

158

相關詞彙

컵라면（杯麵keom na myeon）、국수（麵條guk ssu）

例句

라면을 끓여 먹었어요.

ra myeo neul kkeu ryeo meo geo sseo yo

煮泡麵吃了。

러시아

相關詞彙

러시아어（**俄羅斯語**reo si a eo）、러시아인（**俄羅斯人**reo si a in）

例句

저는 러시아에서 왔어요.

jeo neun reo si a e seo wa sseo yo

我從俄羅斯來的。

相關詞彙

바디로션（**身體乳液**ba di ro syeon）、썬크림（**防曬乳**sseon keu rim）

例句

피부가 너무 건조하니까 로션을 바르세요.

pi bu ga neo mu geon jo ha ni kka ro syeo neul ppa reu se yo

你皮膚太乾燥了，擦點乳液吧。

ㄖ

開頭詞彙

마시다

發音 ma si da

中譯 動 喝

反義詞

먹다（吃meok tta）

相關詞彙

술을 마시다（喝酒su reul ma si da）

形容詞變化

마셔요, 마셨어요, 마실 거예요, 마십니다

例句

오늘 하루에 커피 5잔이나 마셨어요.
o neul ha ru e keo pi da seot jja ni na ma syeo sseo yo
今天一天喝了五杯咖啡。

운전하기 전에 술을 마시지 마세요.
un jeon ha gi jeo ne su reul ma si ji ma se yo
開車前不要喝酒。

마지막

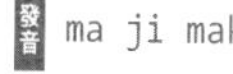
發音 ma ji mak

中譯 名 最後、最終

反義詞

최초（最初choe cho）

相關詞彙

최후（最後choe hu）、끝（末尾kkeut）

例句
마지막 버스는 몇 시에 출발해요?
ma ji mak beo seu neun myeot si e chul bal hae yo
最後一班公車幾點出發？

마치다

發音 ma chi da

中譯 動 完成、結束

類義詞

끝나다（結束kkeun na da）、마무리하다（收尾ma mu ri ha da）

動詞變化

마쳐요, 마쳤어요, 마칠 거예요, 마칩니다

例句
오늘 수업을 다 마쳤어요.
o neul ssu eo beul tta ma cheo sseo yo
今天的課都上完了。

막히다

發音 ma ki da

中譯 動 堵塞

164

類義詞

가로막다（阻擋ga ro mak tta）

反義詞

소통시키다（疏通so tong si ki da）

相關詞彙

기가 막히다（生氣gi ga ma ki da）

動詞變化

막혀요, 막혔어요, 막힐 거예요, 막힙니다

例句

길이 많이 막혀서 제시간에 도착할 수 없어요.
gi ri ma ni ma kyeo seo je si ga ne do cha kal ssu eop sseo yo
路上大塞車，所以沒辦法準時抵達。

변기가 막혔어요.
byeon gi ga ma kyeo sseo yo
馬桶阻塞了。

만나다

發音 man na da

中譯 動 見面、相逢

165

反義詞

헤어지다（分開he eo ji da）

相關詞彙

부딪치다（碰見bu dit chi da）、마주치다（偶然相遇ma ju chi da）、회견（會見hoe gyeon）、만남（相遇man nam）

動詞變化

만나요, 만났어요, 만날 거예요, 만납니다

例句

친구를 만나러 한국에 갈 거예요.
chin gu reul man na reo han gu ge gal kkeo ye yo
要去韓國見朋友。

여러분과 만나게 되어 영광입니다.
yeo reo bun gwa man na ge doe eo yeong gwang im ni da
我很榮幸可以見到各位。

만들다

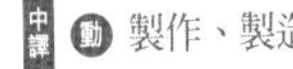

類義詞

제조하다（製造je jo ha da）、제작하다（製作je ja ka da）

動詞變化

만들어요, 만들었어요, 만들 거예요, 만듭니다

例句
이것은 뭐로 만들었어요?
i geo seun mwo ro man deu reo sseo yo
這是用什麼製作的？
케이크를 만들 줄 몰라요.
ke i keu reul man deul jjul mol la yo
我不會做蛋糕。

만지다

發音 man ji da

中譯 動 摸、撫摸

相關詞彙

건드리다（**碰、摸**geon deu ri da）、손을 대다（**動手**so neul ttae da）、더듬다（**摸索**deo deum da）

動詞變化

만져요, 만졌어요, 만질 거예요, 만집니다

例句
그림을 만지지 마세요.
geu ri meul man ji ji ma se yo
請勿觸摸畫作。

많다

反義詞

적다（少jeok tta）

相關詞彙

풍부하다（**豐富**pung bu ha da）、충분하다（**足夠** chung bun ha da）

形容詞變化

많은, 많아요, 많았어요, 많습니다

例句

여기 사람이 너무 많습니다.
yeo gi sa ra mi neo mu man sseum ni da
這裡人太多了。

겁이 많다.
geo bi man ta
膽小。

類義詞

이야기하다（**談話**i ya gi ha da）、말씀하다（**說話**

mal sseum ha da)

相關詞彙

언급하다（提到eon geu pa da）、발언하다（發言 ba reon ha da）

動詞變化

말해요, 말했어요, 말할 거예요, 말합니다

例句

이 비밀은 아무한테도 말하지 마세요.
i bi mi reun a mu han te do mal ha jji ma se yo
這個祕密不要對任何人說。

크게 말해요.
keu ge mal hae yo
大聲說。

맛있다

反義詞

맛없다（不好吃ma deop tta）

形容詞變化

맛있는, 맛있어요, 맛있었어요, 맛있습니다

이 비빔밥은 참 맛있어요.

例句

i bi bim ba beun cham ma si sseo yo

這拌飯很好吃。

오늘 점심은 맛있었어요.

o neul jjeom si meun ma si sseo sseo yo

今天的午餐很好吃。

맞다

發音 mat tta

中譯 動 正確、合適

171

類義詞

옳다（正確ol ta）

反義詞

틀리다（錯teul li da）

相關詞彙

정확하다（正確jeong hwa ka da）

動詞變化

맞아요, 맞았어요, 맞을 거예요, 맞습니다

例句

이렇게 하는 게 맞아요?

i reo ke ha neun ge ma ja yo

這樣子做對嗎？

딱 맞아요.

ttak ma ja yo

剛剛好。

매우

發音 mae u

中譯 副 很、非常

 172

反義詞

좀（有點jom）

相關詞彙

대단히（非常dae dan hi）、아주（很a ju）

例句

이 꽃은 매우 예쁩니다.
i kko cheun mae u ye ppeum ni da
這朵花很漂亮。

그 학생은 매우 열심히 공부해요.
geu hak ssaeng eun mae u yeol sim hi gong bu hae yo
那位學生很用功讀書。

매일

發音  mae il

中譯  名 每天

 173

類義詞

날마다（天天nal ma tta）

相關詞彙

매주（每周mae ju）、매년（每年mae nyeon）

例句 나는 매일 일기를 써요.
na neun mae il il gi reul sseo yo
我每天寫日記。

맥주

發音 maek jju

中譯 名 啤酒

174

相關詞彙

생맥주（生啤酒saeng maek jju）、소주（燒酒so ju）、청주（清酒cheong ju）、캔맥주（罐裝啤酒kaen maek jju）、술（酒sul）

例句 맥주 두 병 갖다 주세요.
maek jju du byeong gat tta ju se yo
請拿兩瓶啤酒過來。

맵다

發音 maep tta

中譯 形 辣

175

相關詞彙

시다（酸si da）、달다（甜dal tta）、싱겁다（沒味道sing geop tta）

形容詞變化

매운, 매워요, 매웠어요, 맵습니다

例句
너무 매운 음식을 못 먹어요.
neo mu mae un eum si geul mot meo geo yo
我不能吃太辣的食物。
요리를 너무 맵지 않게 해 주세요.
yo ri reul neo mu maep jji an ke hae ju se yo
菜不要用得太辣。

머리

發音 meo ri

中譯 名 頭、頭髮

類義詞

머리카락（頭髮meo ri ka rak）

相關詞彙

앞머리（瀏海am meo ri）、머리핀（髮夾meo ri pin）

例句
그는 머리가 좋습니다.
geu neun meo ri ga jo sseum ni da
他頭腦很好。
드라이기로 머리를 말립니다.
deu ra i gi ro meo ri reul mal lim ni da
用吹風機吹乾頭髮。

먹다

發音 meok tta

中譯 動 吃

177

相關詞彙

식사하다（用餐sik ssa ha da）

動詞變化

먹어요, 먹었어요, 먹을 거예요, 먹습니다

例句

같이 저녁을 먹으러 갑시다.
ga chi jeo nyeo geul meo geu reo gap ssi da
一起去吃晚餐吧。

뭘 먹었어요?
mwol meo geo sseo yo
你吃了什麼？

멀다

發音 meol da

中譯 形 遠、遙遠

178

反義詞

가깝다（近ga kkap tta）

相關詞彙

길다（長gil da）、짧다（短jjap tta）、높다（高nop tta）、낮다（低nat tta）

形容詞變化

먼, 멀어요, 멀었어요, 멉니다

지하철 역은 여기서 멀어요?

ji ha cheol yeo geun yeo gi seo meo reo yo

地鐵站離這裡很遠嗎？

집에서 학교까지는 매우 멉니다.

ji be seo hak kkyo kka ji neun mae u meom ni da

家裡到學校很遠。

멋있다

 meo sit tta

 形 好看、帥

反義詞

못생기다（**醜**mot ssaeng gi da）

相關詞彙

예쁘다（**漂亮**ye ppeu da）、잘생기다（**長得帥**jal ssaeng gi da）、매력이 있다（**有魅力**mae ryeo gi it tta）

形容詞變化

멋있는, 멋있어요, 멋있었어요, 멋있습니다

그는 멋있게 입었어요.

例句
geu neun meo sit kke i beo sseo yo
他穿得很帥氣。
이 가수는 정말 멋있어요.
i ga su neun jeong mal meo si sseo yo
這歌手真帥。

며칠

 myeo chil

 名 幾天、幾號

180

相關詞彙

며칠 전（**幾天前**myeo chil jeon）、며칠 동안（**幾天時間**myeo chil dong an）

例句
며칠 전에 그녀가 여기 왔었어요.
myeo chil jeo ne geu nyeo ga yeo gi wa sseo sseo yo
幾天前她來過這裡。
오늘은 몇 월 며칠입니까?
o neu reun myeot wol myeo chi rim ni kka
今天幾月幾號？

모르다

發音 mo reu da

中譯 動 不知道、不懂

反義詞

알다（知道al tta）、이해하다（了解i hae ha da）

動詞變化

몰라요, 몰랐어요, 모를 거예요, 모릅니다

例句

이 일에 대해 잘 모르겠어요.
i i re dae hae jal mo reu ge sseo yo
這件事情我不太清楚。

전 아무것도 모릅니다.
jeon a mu geot tto mo reum ni da
我什麼都不知道。

모으다

發音 mo eu da

中譯 動 收集、集合

182

類義詞

수집하다（收集su ji pa da）

相關詞彙

집중하다（集中jip jjung ha da）

動詞變化

모아요, 모았어요, 모을 거예요, 모읍니다

例句
우표를 모으는 것은 제 취미예요.
u pyo reul mo eu neun geo seun je chwi mi ye yo
收集郵票是我的興趣。
여러분의 의견을 모읍니다.
yeo reo bu nui ui gyeo neul mo eum ni da
收集大家的意見。

목욕하다

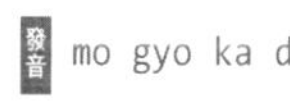

相關詞彙

샤워하다（**淋浴**sya wo ha da）、목욕탕（**澡堂**mo gyok tang）、목욕통（**浴盆**mo gyok tong）

動詞變化

목욕해요, 목욕했어요, 목욕할 거예요, 목욕합니다

例句
여름에 가끔 찬물로 목욕합니다.
yeo reu me ga kkeum chan mul lo mo gyo kam ni da
夏天偶爾會用冷水洗澡。

목적

發音 mok jjeok

中譯 名 目的

184

類義詞

목표（目標mok pyo）

相關詞彙

최종 목적（最終目的choe jong mok jjeok）、목적지（目的地mok jjeok jji）

例句

당신 진짜 목적은 뭐예요?

dang sin jin jja mok jjeo geun mwo ye yo

你真正的目的是什麼？

몸

發音 mom

中譯 名 身體

185

類義詞

신체（身體sin che）

相關詞彙

몸뚱이（身軀mom ttung i）、육체（肉體yuk che）

요즘 날씨가 추우니까 몸조심하세요!

例句 yo jeum nal ssi kka chu u ni kka mom jo sim ha se yo
最近天氣冷，注意身體健康。

못

發音 mot

中譯 
副 不、不能

類義詞

할 수 없다 (不能hal ssu eop tta)

反義詞

할 수 있다 (能、可以hal ssu it tta)

例句 저는 영어를 못 해요.
jeo neun yeong eo reul mot hae yo
我不會說英文。
다른 일이 있어서 못 가요.
da reun i ri i sseo seo mot ga yo
因為有別的事情，所以不能去。

무겁다

發音 mu geop tta

中譯 形 重、沈重

類義詞

묵직하다（沉重muk jji ka da）

反義詞

가볍다（輕ga byeop tta）

形容詞變化

무거운, 무거워요, 무거웠어요, 무겁습니다

例句 짐이 너무 무겁습니다.
ji mi neo mu mu geop sseum ni da
行李太重了。

무료

發音 mu ryo

中譯 名 免費

188

類義詞

공짜（免費gong jja）

反義詞

유료（收費yu ryo）

相關詞彙

무료 입장（免費入場mu ryo ip jjang）、무료 전화（免費電話mu ryo jeon hwa）、무료배달（免費配送mu ryo bae dal）

例句 이건 무료로 받을 수 있어요?
i geon mu ryo ro ba deul ssu i sseo yo

這個可以免費索取嗎？

무릎

發音 mu reup

中譯 名 膝蓋

189

相關詞彙

무릎뼈（膝蓋骨mu reup ppyeo）、무릎 관절（膝蓋關節mu reup gwan jeol）

例句 무릎을 꿇고 용서를 빌어요.
mu reu peul kkul ko yong seo reul ppi reo yo
跪下來請求原諒。

무섭다

發音 mu seop tta

中譯 形 可怕、害怕

190

反義詞

용감하다（勇敢yong gam ha da）、용기가 있다（有勇氣yong gi ga it tta）

相關詞彙

두렵다（害怕du ryeop tta）、겁나다（膽怯geom na da）

形容詞變化

무서운, 무서워요, 무서웠어요, 무섭습니다

例句
난 무서운 거 하나도 없어요.
nan mu seo un geo ha na do eop sseo yo
我什麼都不怕。
지진이 무섭습니다.
ji ji ni mu seop sseum ni da
地震很可怕。

무슨

mu seun

冠 什麼

相關詞彙

어떤（**什麼樣的**eo tteon）、어느（**某**eo neu）

例句
무슨 문제라도 있나요?
mu seun mun je ra do in na yo
有什麼問題嗎？
아버님은 무슨 일을 하십니까?
a beo ni meun mu seun i reul ha sim ni kka
你爸爸做什麼工作呢？

發音 mu eot

中譯 代 什麼

192

相關詞彙

뭐（什麼mwo）

例句

무엇을 사고 싶어요?
mu eo seul ssa go si peo yo
你想買什麼？

무엇을 찾고 있습니까?
mu eo seul chat kko it sseum ni kka
你在找什麼？

문

發音 mun

中譯 名 門

193

相關詞彙

대문（大門dae mun）、출입문（出入門chu rim mun）、문손잡이（門把mun son ja bi）

例句

문을 열어 주세요.
mu neul yeo reo ju se yo
請開門。

문제

發音 mun je

中譯  問題

相關詞彙

시험 문제（**考試問題**si heom mun je）、경제 문제（**經濟問題**gyeong je mun je）、문제집（**練習冊**mun je jip）

걱정하지 마세요. 아무 문제 없어요.
geok jjeong ha ji ma se yo a mu mun je eop sseo yo
不用擔心，沒有任何問題。

문화

發音 mun hwa

中譯  文化

相關詞彙

문명（**文明**mun myeong）、문화 교육（**文化教育**mun hwa gyo yuk）、대중문화（**大眾文化**dae jung mun hwa）

한국 문화에 관한 책을 사려고 합니다.
han guk mun hwa e gwan han chae geul ssa

例句

ryeo go ham ni da

我想買有關韓國文化的書。

일본 문화를 좋아해요.

il bon mun hwa reul jjo a hae yo

我喜歡日本文化。

묻다

發音 mut tta

中譯 動 問、詢問

196

類義詞

질문하다（**發問**jil mun ha da）

相關詞彙

문의하다（**詢問**mu nui ha da）

動詞變化

물어요, 물었어요, 물을 거예요, 묻습니다

例句

길 좀 물어도 될까요?

gil jom mu reo do doel kka yo

我可以問個路嗎？

질문이 있으면 언제든지 물어보세요.

jil mu ni i sseu myeon eon je deun ji mu reo bo se yo

有問題的話，請隨時發問。

물

發音 mul

中譯 名 水

197

相關詞彙

찬물（冷水chan mul）、냉수（冷水naeng su）、끓인 물（開水kkeu rin mul）、생수（礦泉水saeng su）

例句

물 한 잔 주세요.
mul han jan ju se yo
請給我一杯水。

물 좀 주시겠어요?
mul jom ju si ge sseo yo
可以給我杯水嗎？

미국

發音 mi guk

中譯 地 美國

198

相關詞彙

미국인（美國人mi gu gin）、달러（美金dal leo）、미국 시민（美國公民mi guk si min）

대학을 졸업하면 미국에 가서 유학할 거예요.

例句 dae ha geul jjo reo pa myeon mi gu ge ga seo yu ha kal kkeo ye yo
大學畢業的話，我要去美國留學。

미래

發音 mi rae

中譯 名 未來

類義詞

앞날（未來am nal）、장래（將來jang nae）

反義詞

과거（過去gwa geo）

例句 미래의 계획이 뭐예요?
mi rae ui gye hoe gi mwo ye yo
你未來的計劃是什麼？

미안하다

發音 mi an ha da

中譯 形 對不起、抱歉

類義詞

죄송하다（抱歉joe song ha da）

相關詞彙

사과（道歉sa gwa）、유감스럽다（可惜yu gam

seu reop tta)

形容詞變化

미안한, 미안해요, 미안했어요, 미안합니다

例句

정말 미안합니다.

jeong mal mi an ham ni da

真的很抱歉。

오랫동안 기다리게 해서 미안합니다.

o raet ttong an gi da ri ge hae seo mi an ham ni da

對不起讓你久等了。

 mit

 下面、底下

類義詞

아래 (下面a rae)

反義詞

위 (上面wi)

例句

책상 밑에 지우개가 있어요.

chaek ssang mi te ji u gae ga i sseo yo

書桌底下有橡皮擦。

開頭詞彙

바꾸다

發音 ba kku da

中譯 動 換、交換

類義詞

교환하다（交換gyo hwan ha da）

相關詞彙

변동하다（變動byeon dong ha da）、변경하다（變更byeon gyeong ha da）、변환하다（變換byeon hwan ha da）

動詞變化

바꿔요, 바꿨어요, 바꿀 거예요, 바꿉니다

例句

우리집의 환경을 바꾸고 싶어요.
u ri ji bui hwan gyeong eul ppa kku go si peo yo
想改變我們家裡的環境。

바다

發音 ba da

中譯 名 海

相關詞彙

해양（海洋hae yang）、바닷가（海邊ba dat kka）、해안（海岸hae an）、해수욕장（海水浴

場hae su yok jjang)

例句 바다를 구경할 수있는 곳이 어디에 있어요?
ba da reul kku gyeong hal ssu in neun go si eo di e i sseo yo
哪裡有可以欣賞大海的地方呢？

바라다

發音 ba ra da

中譯 動 希望

MP3 204

類義詞

희망하다（希望hi mang ha da）

相關詞彙

바람（期望ba ram）、희망（希望hi mang）、소원（願望so won）、기대（期待gi dae）

動詞變化

바라요, 바랐어요, 바랄 거예요, 바랍니다

例句 다시 만날 수 있기를 바라요.
da si man nal ssu it kki reul ppa ra yo
希望能再見面。
합격되기를 바랍니다.
hap kkyeok ttoe gi reul ppa ram ni da.
希望會合格。

바람

發音 
ba ram

中譯 名 風

205

相關詞彙

태풍（颱風tae pung）

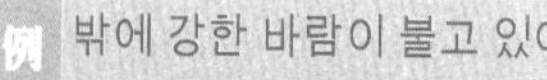
例句 밖에 강한 바람이 불고 있어요.
ba kke gang han ba ra mi bul go i sseo yo
外面在刮強風。

바쁘다

發音 ba ppeu da

中譯 形 忙碌

206

反義詞

한가하다（清閒han ga ha da）

相關詞彙

급박하다（急迫geup ppa ka da）、정신이 없다（忙碌jeong si ni eop tta）、분주하다（奔走、繁忙bun ju ha da）

形容詞變化

바쁜, 바빠요, 바빴어요, 바쁩니다

요즘 너무 바빠서 만날 시간도 없어요.

例句 yo jeum neo mu ba ppa seo man nal ssi gan do eop sseo yo
最近太忙了，連見面的時間都沒有。

밖

 bak

  外面

類義詞

바깥（外面ba kkat）

反義詞

안（裡面an）

相關詞彙

외부（外部oe bu）

例句
밖에서 잠깐 기다리세요.
ba kke seo jam kkan gi da ri se yo
請在外面稍等一下。
우리 밖에 나가서 놀자.
u ri ba kke na ga seo nol ja
我們出去玩吧。

반갑다

發音 ban gap tta

 形 高興

類義詞

기쁘다（高興gi ppeu da）

相關詞彙

즐겁다（愉快jeul kkeop tta）

形容詞變化

반가운, 반가워요, 반가웠어요, 반갑습니다

例句

아주 반가운 소식을 들었어요.
a ju ban ga un so si geul tteu reo sseo yo
聽到了令人高興的消息。

만나서 정말 반갑습니다.
man na seo jeong mal ppan gap sseum ni da
見到你真高興。

반지

發音 ban ji

  名 戒指

相關詞彙

결혼반지（結婚戒指gyeol hon ban ji）、금반지（金戒指geum ban ji）、커플링（情人對戒keo

peul ling)

例句 약혼자한테서 반지를 받았어요.
ya kon ja han te seo ban ji reul ppa da sseo yo
從未婚夫那收到了戒指。

받다

發音 bat tta

中譯 動 得到、接受

210

類義詞

얻다（得到eot tta）

反義詞

주다（給ju da）

相關詞彙

존경받다（受人尊敬jon gyeong bat tta）

動詞變化

받아요, 받았어요, 받을 거예요, 받습니다

例句 부모님한테서 용돈을 받았어요.
bu mo nim han te seo yong do neul ppa da sseo yo
從父母那得到了零用錢。

발

發音 bal

中譯 名 腳、足

211

相關詞彙

발바닥（**腳掌**bal ppa dak）、발뒤꿈치（**腳跟**bal ttwi kkum chi）、신발（**鞋子**sin bal）

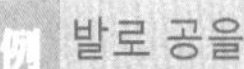

例句
발로 공을 찹니다.
bal lo gong eul cham ni da.
用腳踢球。

밝다

發音 bak tta

中譯 形 明亮、明朗

212

類義詞

환하다（**明亮**hwan ha da）

反義詞

어둡다（**暗**eo dup tta）

相關詞彙

빛나다（**閃耀**bin na da）、선명하다（**鮮明**seon myeong ha da）、투명하다（**透明**tu myeong ha da）

形容詞變化

밝은, 밝아요, 밝았어요, 밝습니다

例句
밝은 방을 좋아해요.
bal geun bang eul jjo a hae yo
喜歡明亮的房間。
우리나라의 미래는 지금보다 더 밝을 거예요.
u ri na ra ui mi rae neun ji geum bo da deo bal geul kkeo ye yo
我們國家的未來會比現在更光明。

 bap

 飯

相關詞彙

국수（麵條guk ssu）、죽（粥juk）、쌀（米ssal）、벼（稻子byeo）、밥을 짓다（煮飯ba beul jjit tta）

例句
밥을 먹었어요?
ba beul meo geo sseo yo
你吃過飯了嗎？

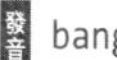 bang

 房間

相關詞彙

거실（客廳geo sil）、침실（寢室chim sil）、부엌（廚房bu eok）、화장실（廁所hwa jang sil）、베란다（陽台be ran da）

例句
언니가 방에서 노래를 해요.
eon ni ga bang e seo no rae reul hae yo
姊姊在房間裡唱歌。

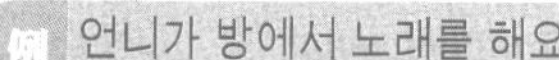

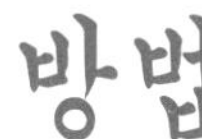

 bang beop

 方法

類義詞

수단（手段su dan）

相關詞彙

방식（方式bang sik）、비결（秘訣bi gyeol）、요령（要領yo ryeong）、방도（管道bang do）

例句
다른 좋은 방법이 없어요?
da reun jo eun bang beo bi eop sseo yo

發音 

中譯 名 

類義詞

휴가（休假hyu ga）、휴일（休息日hyu il）

相關詞彙

여름방학（暑假yeo reum bang hak）、겨울방학（寒假gyeo ul bang hak）

例句

방학 때 한국 여행을 갈 거예요.

bang hak ttae han guk yeo haeng eul kkal kkeo ye yo

放假時，要去韓國旅行。

發音 

中譯 名 

相關詞彙

아랫배（小腹a raet ppae）

例句
eo tteo kae yo bae ga neo mu a pa yo
怎麼辦？肚子好痛。
배가 불러요. 더 이상 먹을 수 없어요.
bae ga bul leo yo deo i sang meo geul ssu eop sseo yo
吃飽了，再也吃不下了。

배우

發音  bae u

中譯  名 演員

相關詞彙

여배우（**女演員**yeo bae u）、남배우（**男演員**nam bae u）、영화배우（**電影演員**yeong hwa bae u）、명배우（**名演員**myeong bae u）

例句
내 꿈은 배우가 되는 것이에요.
nae kku meun bae u ga doe neun geo si e yo
我的夢想是成為演員。
그는 한국에서 아주 유명한 배우예요.
geu neun han gu ge seo a ju yu myeong han bae u ye yo
他是韓國很有名的演員。

백화점

發音 bae kwa jeom

中譯 
名 百貨公司

相關詞彙

쇼핑 센터（**購物中心**syo ping sen teo）、슈퍼마켓（**超級市場**syu peo ma ket）、벼룩시장（**跳蚤市場**byeo ruk ssi jang）、편의점（**便利商店**pyeo nui jeom）、지하상가（**地下商街**ji ha sang ga）

例句

이 앞에 롯데백화점이 있습니다.

i a pe rot tte bae kwa jeo mi it sseum ni da.

前面有樂天百貨公司。

버리다

發音 beo ri da

中譯 
動 丟掉、扔掉

反義詞

보관하다（**保管**bo gwan ha da）

相關詞彙

포기하다（**放棄**po gi ha da）、없애다（**消除**eop ssae da）、상실하다（**喪失**sang sil ha da）

動詞變化

버려요, 버렸어요, 버릴 거예요, 버립니다

例句 쓰레기를 아무데나 버리지 마세요.
sseu re gi reul a mu de na beo ri ji ma se yo
請勿隨地丟垃圾。

버스

發音 beo seu

中譯 名 公車、巴士

221

相關詞彙

시내 버스（**市區公車**si nae beo seu）、시외 버스（**長途公車**si oe beo seu）、직행 버스（**直達公車**ji kaeng beo seu）、공항 버스（**機場巴士**gong hang beo seu）

例句 관광 버스를 타고 시내를 구경합니다.
gwan gwang beo seu reul ta go si nae reul kku gyeong ham ni da
搭乘觀光巴士逛市區。

번호

發音 beon ho

中譯 名 號碼

222

相關詞彙

편호（**編號**pyeon ho）、번호패（**號碼牌**beon ho

pae)、계좌 번호(帳號gye jwa beon ho)、전화번호(電話號碼jeon hwa beon ho)、비밀번호(密碼bi mil beon ho)

例句 여기서 번호를 적어 주시겠어요?
yeo gi seo beon ho reul jjeo geo ju si ge sseo yo
您可以在這裡寫下號碼嗎?

벌다

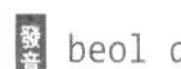
發音 beol da

中譯 動 賺(錢)

223

反義詞

돈을 쓰다(花錢do neul sseu da)

相關詞彙

손에 넣다(弄到手so ne neo ta)、취득하다(取得chwi deu ka da)

動詞變化

벌어요, 벌었어요, 벌 거예요, 법니다

例句 돈을 벌기 위해 아르바이트해요.
do neul ppeol gi wi hae a reu ba i teu hae yo
為了賺錢而打工。
나는 앞으로 돈을 많이 벌 거예요.

例句 na neun a peu ro do neul ma ni beol geo ye yo
我以後要賺很多錢。

벌써

發音 beol sseo

中譯 副 已經

224

類義詞

이미 (已經i mi)

反義詞

아직 (尚未a jik)

例句 그는 벌써 떠났어요.
geu neun beol sseo tteo na sseo yo
他已經離開了。
이 일은 난 벌써 알고 있었어요.
i i reun nan beol sseo al kko i sseo sseo yo.
這件事情我已經知道了。

벗다

發音 beot tta

中譯 動 脫（衣服）

225

類義詞

벗기다（脫、剝beot kki da）

反義詞

입다（穿ip tta）

動詞變化

벗어요, 벗었어요, 벗을 거예요, 벗습니다

例句

더러운 옷을 벗고 깨끗한 옷을 갈아입어요.
deo reo un o seul ppeot kko kkae kkeu tan o seul kka ra i beo yo
脫掉髒衣服，換上乾淨的衣服。

신발을 벗으세요.
sin ba reul ppeo seu se yo
請你拖鞋。

 byeong

 病

226

질병（疾病jil byeong）

相關詞彙

감기（感冒gam gi）、암（癌症am）、고혈압（高血壓go hyeo rap）、저혈압（低血壓jeo hyeo rap）、피부병（皮膚病pi bu byeong）、병증（病症byeong jeung）

例句
할아버지의 병은 이미 다 나았어요.
ha ra beo ji ui byeong eun i mi da na a sseo yo
爺爺的病已經都康復了。

보내다

發音 bo nae da

中譯 動 寄、送

類義詞

부치다（**寄**bu chi da）、발송하다（**發送**bal ssong ha da）

相關詞彙

띄우다（**寄信**tti u da）

動詞變化

보내요, 보냈어요, 보낼 거예요, 보냅니다

例句
외국친구에게 엽서를 보냈어요.
oe guk chin gu e ge yeop sseo reul ppo nae sseo yo
寄明信片給外國朋友了。

보다

發音 bo da

中譯 動 看

228

反義詞

듣다（聽deut tta）

相關詞彙

바라보다（望ba ra bo da）、관찰하다（觀察gwan chal ha tta）、감상하다（欣賞gam sang ha da）、눈에 띄다（引人注目nu ne tti da）

動詞變化

봐요, 봤어요, 볼 거예요, 봅니다

例句

남자친구랑 같이 영화를 보러 갑니다.
nam ja chin gu rang ga chi yeong hwa reul ppo reo gam ni da
和男朋友一起去看電影。

보통

發音 bo tong

中譯 副 名 通常、一般、平常

229

相關詞彙

평소（平時pyeong so）、일반（一般il ban）、일상적인（日常il sang jeo gin）

例句
보통 주말에 뭘 해요?
bo tong ju ma re mwol hae yo
通常你假日都做什麼事？
보통 방법으로는 문제를 해결할 수 없어요.
bo tong bang beo beu ro neun mun je reul hae gyeol hal ssu eop sseo yo
用一般的方法沒辦法解決問題。

 bom

相關詞彙

봄철（春季bom cheol）、춘계（春季chun gye）、봄날（春日bom nal）

例句
오늘은 봄처럼 따뜻해요.
o neu reun bom cheo reom tta tteu tae yo
今天像春天一樣溫暖。
봄에 꽃이 핍니다.
bo me kko chi pim ni da
春天開花。

부드럽다

發音 bu deu reop tta

中譯 形 柔和、柔軟

231

反義詞

딱딱하다（堅硬ttak tta ka da）

相關詞彙

연하다（嫩yeon ha da）、온화하다（溫和on hwa ha da）、보드랍다（柔軟bo deu rap tta）

形容詞變化

부드러운, 부드러워요, 부드러웠어요, 부드럽습니다

例句

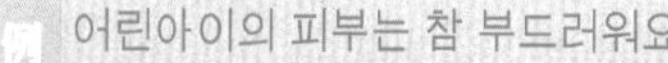
어린아이의 피부는 참 부드러워요.

eo ri na i ui pi bu neun cham bu deu reo wo yo

小孩的皮膚真柔軟。

부르다

發音 bu reu da

中譯 動 叫、呼喚

232

類義詞

일컫다（稱為il keot tta）

相關詞彙

외치다（高喊oe chi da）、소리치다（大聲叫so ri chi da）、부르짖다（喊叫bu reu jit tta）、불러 오다（叫來bul leo o da）

動詞變化

불러요, 불렀어요, 부를 거예요, 부릅니다

例句

아이들을 모두 여기로 불러 오세요.

a i deu reul mo du yeo gi ro bul leo o se yo

請把孩子們都叫來這裡。

큰 소리로 부르세요.

keun so ri ro bu reu se yo

請大聲呼喚。

부모

bu mo

名 父母

233

類義詞

양친（雙親yang chin）

相關詞彙

아버지와 어머니（爸爸和媽媽a beo ji wa eo meo ni）、양부（養父yang bu）、양모（養母yang mo）

그는 자기의 부모가 누구인지 몰라요.

例句 geu neun ja gi ui bu mo ga nu gu in ji mol la yo
他不知道自己的父母是誰。
부모가 없는 아이.
bu mo ga eom neun a i
沒有父母的孩子。

부치다

 bu chi da

 動 寄、拖運

類義詞

보내다（寄bo nae da）

相關詞彙

우송하다（郵寄u song ha da）

動詞變化

부쳐요, 부쳤어요, 부칠 거예요, 부칩니다

例句 소포를 부치려고 합니다.
so po reul ppu chi ryeo go ham ni da
我要寄包裹。

붙다

發音 but tta

中譯 動 黏貼、合格

235

類義詞

접착되다（黏jeop chak ttoe da）

相關詞彙

시험에 붙다（考上si heo me but tta）

動詞變化

붙어요, 붙었어요, 붙을 거예요, 붙습니다

例句

저는 좋은 대학에 붙었습니다.

jeo neun jo eun dae ha ge bu teot sseum ni da

我考上了好大學。

시험에 꼭 붙을 거예요.

si heo me kkok bu teul kkeo ye yo

考試一定會合格的。

비

發音 bi

中譯 名 雨

236

相關詞彙

장마（梅雨jang ma）、이슬비（毛毛雨i seul

ppi）、소나기（雷陣雨so na gi）、장대비（傾盆大雨jang dae bi）

例句
내일 비가 내릴 것 같아요.
nae il bi ga nae ril geot ga ta yo
明天好像會下雨。
비가 오고 있어요.
bi ga o go i sseo yo
正在下雨。

비싸다

 bi ssa da

 形 （價錢）貴

反義詞

싸다（便宜ssa da）

相關詞彙

귀중하다（貴重gwi jung ha da）、귀하다（寶貴gwi ha da）

形容詞變化

비싼, 비싸요, 비쌌어요, 비쌉니다

例句
값이 너무 비싸요. 깎아 주세요.
gap ssi neo mu bi ssa yo kka kka ju se yo
價格太貴了，算便宜一點。

이 가방은 비싸지 않아요.
i ga bang eun bi ssa ji a na yo
這包包不貴。

빌리다

發音 bil li da

中譯 動 借、租

反義詞

돌려주다（歸還dol lyeo ju da）

相關詞彙

임차하다（租im cha ha da）

動詞變化

빌려요, 빌렸어요, 빌릴 거예요, 빌립니다

例句

돈을 좀 빌려 주세요.
do neul jjom bil lyeo ju se yo
請借我一點錢。

도서관에서 책을 빌렸어요.
do seo gwa ne seo chae geul ppil lyeo sseo yo
在圖書館借了書。

빠르다

發音 ppa reu da

中譯 形 快、趕緊

反義詞

느리다（慢neu ri da）

相關詞彙

신속하다（迅速sin so ka da）

形容詞變化

빠른, 빨라요, 빨랐어요, 빠릅니다

例句

내 시계는 좀 빨라요.
nae si gye neun jom ppal la yo
我的手錶有點快。

그의 동작은 더 빠릅니다.
geu ui dong ja geun deo ppa reum ni da
他的動作更快。

빨간색

發音 ppal kkan saek

中譯 名 紅色

類義詞

홍색（紅色hong saek）、붉은색（紅色bul geun saek）、적색（紅色jeok ssaek）

相關詞彙

핏빛（血色pit ppit）、분홍색（粉紅色bun hong saek）

例句

빨간색 속옷을 골라 샀어요.
ppal kkan saek so go seul kkol la sa sseo yo
選購了紅色內衣。

빨다

相關詞彙

빨래하다（洗衣服ppal lae ha da）、세탁하다（洗衣se ta ka da）、세탁기（洗衣機se tak kki）、세탁소（洗衣店se tak sso）

動詞變化

빨아요, 빨았어요, 빨 거예요, 빱니다

例句

이 옷을 꼭 손으로 빨아야 합니까?
i o seul kkok so neu ro ppa ra ya ham ni kka
這件衣服一定要用手洗嗎？
세탁기로 빨면 됩니까?
se tak kki ro ppal myeon doem ni kka
可以用洗衣機洗嗎？

빨리

發音 ppal li

中譯 副 趕緊、趕快

242

類義詞

얼른（趕快eol leun）、어서（快eo seo）

反義詞

천천히（慢慢地cheon cheon hi）

相關詞彙

서둘러（趕緊seo dul leo）、

例句

빨리 처리하세요.

ppal li cheo ri ha se yo

請你快點處理。

빨리 가세요.

ppal li ga se yo

請您快點走。

發音 ppang

中譯 名 麵包

243

相關詞彙

케이크（蛋糕ke i keu）、찐빵（包子jjin ppang）、통밀빵（全麥麵包tong mil ppang）、계

란빵 (雞蛋麵包gye ran ppang) 、샌드위치 (三明治saen deu wi chi)

例句

빵집에서 빵을 고르고 있어요.

ppang ji be seo ppang eul kko reu go i sseo yo

正在麵包店裡挑選麵包。

아침에 빵과 우유를 먹었어요.

a chi me ppang gwa u yu reul meo geo sseo yo

早上吃了麵包和牛奶。

人

開頭詞彙

사다

發音 sa da

中譯 動 買、購買

244

類義詞

구매하다（**購買**gu mae ha da）、사들이다（**購入** sa deu ri da）

反義詞

팔다（**賣**pal tta）

相關詞彙

매입하다（**買入**mae i pa da）

動詞變化

사요, 샀어요, 살 거예요, 삽니다

例句

야채를 사러 시장에 갑니다.
ya chae reul ssa reo si jang e gam ni da
去市場買蔬菜。

사람

發音 sa ram

中譯 名 人

245

類義詞

인간（**人**in gan）

反義詞

귀신（鬼gwi sin）

相關詞彙

인류（人類il lyu）

例句

저 사람을 알아요?

jeo sa ra meul a ra yo

那個人你認識嗎？

할인 기간이라서 여기 사람들이 많아요.

ha rin gi ga ni ra seo yeo gi sa ram deu ri ma na yo

因為是打折期間，這裡人很多。

사랑하다

發音 sa rang ha da

中譯 動 愛

246

反義詞

싫어하다（討厭si reo ha da）

相關詞彙

연애하다（戀愛yeo nae ha da）、좋아하다（喜歡jo a ha da）

動詞變化

사랑해요, 사랑했어요, 사랑할 거예요, 사랑합니다

나를 사랑해요?

例句
na reul ssa rang hae yo
你愛我嗎？
당신을 사랑하지만 당신과 결혼할 수 없어요.
dang si neul ssa rang ha ji man dang sin gwa gyeol hon hal ssu eop sseo yo
我愛你，但不能和你結婚。

사이즈

發音 sa i jeu

中譯 名 尺寸

247

類義詞

치수（尺寸chi su）

相關詞彙

길이（長度gi ri）、크기（大小keu gi）、엠 사이즈（M號em sa i jeu）、라지 사이즈（大尺寸ra ji sa i jeu）、허리둘레（腰圍heo ri dul le）

例句
제 사이즈를 몰라요.
je sa i jeu reul mol la yo
我不知道自己的尺寸。
사이즈가 어떻게 되시죠?
sa i jeu ga eo tteo ke doe si jyo
您的尺寸是多少？

사인하다

發音 sa in ha da

中譯 動 簽名

248

類義詞

서명하다（簽名seo myeong ha da）

動詞變化

사인해요, 사인했어요, 사인할 거예요, 사인합니다

例句
여기서 사인하세요.
yeo gi seo sa in ha se yo
請在這裡簽名。

사장

發音 sa jang

中譯 名 總經理、社長

249

相關詞彙

비서（秘書bi seo）、회장（會長hoe jang）、이사（董事i sa）、이사회（董事會i sa hoe）、부장（部長bu jang）

例句
김사장님 계세요?
gim sa jang nim gye se yo
金社長在嗎？

사장님이 지금 외출했습니다.
sa jang ni mi ji geum oe chul haet sseum ni da
社長現在外出了。

사전

發音 sa jeon

中譯 名 辭典

相關詞彙

도해 사전（**圖解辭典**do hae sa jeon）、영어 사전（**英語詞典**yeong eo sa jeon）、전자사전（**電子辭典**jeon ja sa jeon）、백과사전（**百科辭典**baek kkwa sa jeon）

例句
이 사전은 참 두껍습니다.
i sa jeo neun cham du kkeop sseum ni da
這本字典真厚。
사전을 좀 빌릴 수 있을까요?
sa jeo neul jjom bil lil su i sseul kka yo
可以借我辭典嗎？

사진

發音 sa jin

中譯 名 照片

251

相關詞彙

흑백 사진（黑白照片heuk ppaek sa jin）、사진기（相機sa jin gi）、카메라（相機ka me ra）、액자（相框aek jja）

例句

이 사진은 어디서 찍은 거예요?
i sa ji neun eo di seo jji geun geo ye yo
這張照片在哪裡拍的？

사진 좀 찍어 주세요.
sa jin jom jji geo ju se yo
請幫我拍張照。

사탕

發音 sa tang

中譯 名 糖

252

相關詞彙

캔디（糖果kaen di）、얼음사탕（冰糖eo reum sa tang）、박하 사탕（薄荷糖ba ka sa tang）、흑당（黑糖heuk ttang）、엿（麥芽糖yeot）

例句 커피에 사탕을 넣으면 더 맛있어요.
keo pi e sa tang eul neo eu myeon deo ma si sseo yo
在咖啡裡加糖會更好喝。

사흘

sa heul

三天

相關詞彙

하루（一天ha ru）、이틀（兩天i teul）、나흘（四天na heul）、닷새（五天dat ssae）、엿새（六天yeot ssae）

例句 사흘동안 계속 집에서 일하고 있었다.
sa heul ttong an gye sok ji be seo il ha go i sseot tta
三天都一直在家裡工作。

산

san

山

相關詞彙

산허리（山腰san heo ri）、산 위（山上san wi）、

산기슭 (山腳san gi seuk) 、산꼭대기 (山頂san kkok ttae gi)

例句
그는 산에서 길 잃었어요.
geu neun sa ne seo gil i reo sseo yo
他在山裡迷路了。
산에 올라서 일출을 구경하고 싶습니다.
sa ne ol la seo il chu reul kku gyeong ha go sip sseum ni da
我想爬到山上看日出。

살다

發音 sal tta

中譯 動 居住

255

相關詞彙

거주하다 (居住geo ju ha da) 、묵다 (住muk tta) 、머물다 (停留meo mul da) 、생활하다 (生活saeng hwal ha da)

動詞變化

살아요, 살았어요, 살 거예요, 삽니다

例句
저는 서울에 살아요.
jeo neun seo u re sa ra yo
我住在首爾。

어디서 살아요?
eo di seo sa ra yo
你住哪裡？

상처

發音 sang cheo

中譯 名 傷口

256

相關詞彙

홍터（**傷痕**hyung teo）、상흔（**傷痕**sang heun）

例句

다리가 있는 상처가 나았어요.
da ri ga in neun sang cheo ga na a sseo yo
腳上的傷口好了。

상처를 싸매어 주세요.
sang cheo reul ssa mae eo ju se yo
請幫我包紮傷口。

상품

發音 sang pum

中譯 名 商品

257

相關詞彙

제품（**產品**je pum）、물품（**物品**mul pum）

例句
이 부츠는 올해의 인기상품입니다.
i bu cheu neun ol hae ui in gi sang pu mim ni da
這雙靴子是今年的人氣商品。
상품 목록을 보여 주세요.
sang pum mong no geul ppo yeo ju se yo
請給我看看商品的目錄。

새로

sae ro

副 新、重新

相關詞彙

새롭다（**新**sae rop tta）、참신하다（**嶄新**cham sin ha da）

例句
이것은 새로 지은 빌딩입니다.
i geo seun sae ro ji eun bil ding im ni da
這是新建的大樓。
이 옷들은 내가 새로 산 것이에요.
i ot tteu reun nae ga sae ro san geo si e yo
這些衣服是我新買的。

새벽

發音 sae byeok

中譯 名 清晨、凌晨

259

類義詞

새벽녘 (凌晨sae byeong nyeok)

反義詞

밤중 (半夜bam jung)

相關詞彙

이른 아침 (大清早i reun a chim)、여명 (黎明 yeo myeong)、새벽시장 (早市sae byeok ssi jang)

例句

기차는 내일 새벽 4시에 도착합니다.
gi cha neun nae il sae byeok ne si e do cha kam ni da
火車明天凌晨四點抵達。

전 오늘 새벽 5시에 일어났어요.
jeon o neul ssae byeok o si e i reo na sseo yo
我今天凌晨五點起床了。

색깔

發音 saek kkal

中譯 名 顏色

260

類義詞

색（色saek）

相關詞彙

색채（色彩saek chae）、빛깔（色澤bit kkal）、색상（色相saek ssang）

例句

어떤 색깔을 좋아하세요?

eo tteon saek kka reul jjo a ha se yo

您喜歡什麼顏色？

이 색깔은 어떻습니까?

i saek kka reun eo tteo sseum ni kka

這個顏色怎麼樣？

생각하다

發音 saeng ga ka da

中譯 動 想、認為

261

相關詞彙

생각（想法saeng gak）、고려하다（考慮go ryeo ha da）、계획하다（計畫gye hoe ka da）

動詞變化

생각해요, 생각했어요, 생각할 거예요, 생각합니다

例句

어떻게 생각하세요?

eo tteo ke saeng ga ka se yo

您認為如何呢？
저는 그가 좋은 사람이라고 생각합니다
jeo neun geu ga jo eun sa ra mi ra go saeng ga kam ni da
我認為他是個好人。

생기다

 saeng gi da

 動 發生、產生

相關詞彙

발생하다（發生bal ssaeng ha da）、일으키다（引起i reu ki da）

動詞變化

생겨요, 생겼어요, 생길 거예요, 생깁니다

애인 생겼어요?
ae in saeng gyeo sseo yo
你有情人了？

갑자기 급한 일이 생겨서 빨리 집에 돌아가야 합니다.
gap jja gi geu pan i ri saeng gyeo seo ppal li ji be do ra ga ya ham ni da
突然有急事，得快點回家才行。

생선

發音 saeng seon

中譯 名 魚、鮮魚

相關詞彙

생선회（生魚片saeng seon hoe）、생선구이（烤魚saeng seon gu i）、생선찜（蒸魚saeng seon jjim）、생선가시（魚刺saeng seon ga si）

例句

시장에서 신선한 생선을 샀어요.
si jang e seo sin seon han saeng seo neul ssa sseo yo
在市場買了新鮮的魚。

생선 가시가 목에 걸렸어요.
saeng seon ga si ga mo ge geol lyeo sseo yo
魚刺卡在喉嚨裡了。

생일

發音 saeng il

中譯 名 生日

類義詞

생신（生日saeng sin）

相關詞彙

생일 파티（生日派對saeng il pa ti）、생일 케이크

（生日蛋糕saeng il ke i keu）、생일 선물（生日禮物saeng il seon mul）

例句
생일 축하합니다.
saeng il chu ka ham ni da
生日快樂。
내 생일 파티에 참가할래요?
nae saeng il pa ti e cham ga hal lae yo
你要不要參加我的生日派對？

생활

saeng hwal

生活

265

相關詞彙

삶（生活sam）、생애（人生saeng ae）、일생（一生il saeng）、평생（平生pyeong saeng）、일상생활（日常生活il sang saeng hwal）

例句
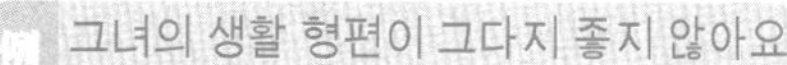
그녀의 생활 형편이 그다지 좋지 않아요.
geu nyeo ui saeng hwal hyeong pyeo ni geu da ji jo chi a na yo
她的生活情況不太好。
부모님한테서 생활비를 받았어요.
bu mo nim han te seo saeng hwal bi reul ppa

da sseo yo
從父母那得到了生活費。

서다

 seo da

 立、站

266

反義詞

앉다（坐an da）

相關詞彙

일어서다（站起來i reo seo da）、서 있다（站著seo it tta）

動詞變化

서요, 섰어요, 설 거예요, 섭니다

例句

문 옆에 서 있는 남자는 누굽니까?
mun yeo pe seo in neun nam ja neun nu gum ni kka
站在門旁邊的男子是誰？

버스를 타려면 여기서 줄을 서야 돼요.
beo seu reul ta ryeo myeon yeo gi seo ju reul sseo ya dwae yo
要搭公車的話，必須在這裡排隊。

선물하다

發音 seon mul ha da

中譯 動 送（禮物）

267

類義詞

선물을 주다（送禮物seon mu reul jju da）

相關詞彙

선사하다（贈送seon sa ha da）、증정하다（贈送jeung jeong ha da）

動詞變化

선물해요, 선물했어요, 선물할 거예요, 선물합니다

例句

이것은 아버지에게 선물할 거예요.
i geo seun a beo ji e ge seon mul hal kkeo ye yo
這是要送給爸爸的。

너한테 선물할 게 있어요.
neo han te seon mul hal kke i sseo yo
我有東西要送你。

선배

發音 seon bae

中譯 名 前輩

268

相關詞彙

대학 선배（**大學前輩**dae hak seon bae）、여자선배（**學姐**yeo ja seon bae）、남자선배（**學長**nam ja seon bae）

例句

그는 제 대학 선배입니다.
geu neun je dae hak seon bae im ni da
他是我大學前輩。
선배, 영어 좀 가르쳐 줄 수 있어요?
seon bae yeong eo jom ga reu cheo jul su i sseo yo
前輩，可以教我英文嗎？

선생님

seon saeng nim

名 老師

類義詞

스승（**老師**seu seung）

相關詞彙

사부（**師傅**sa bu）、교사（**教師**gyo sa）、교수（**教授**gyo su）

例句

그는 한국어를 가르치는 선생님이에요.
geu neun han gu geo reul kka reu chi neun seon saeng ni mi e yo

他是教韓國語的老師。
우리 선생님은 아주 친절해요.
u ri seon saeng ni meun a ju chin jeol hae yo
我們老師很親切。

선택하다

類義詞

고르다（選擇go reu da）

相關詞彙

선발하다（選拔seon bal ha tta）、뽑다（選拔ppop tta）

動詞變化

선택해요, 선택했어요, 선택할 거예요, 선택합니다

例句

마음에 드는 것을 선택하세요.
ma eu me deu neun geo seul sseon tae ka se yo
選擇你喜歡的吧。
결혼 날짜를 선택해요.
gyeol hon nal jja reul sseon tae kae yo
選擇結婚日期。

설날

發音 seol lal

中譯 名 元旦、春節

271

類義詞

원단（元旦won dan）

相關詞彙

정월 초하루（年初一jeong wol cho ha ru）、음력（陰曆eum nyeok）

例句

설날에 부모님께 세배를 올립니다.
seol la re bu mo nim kke se bae reul ol lim ni da
春節向父母拜年。

설날을 맞이하다.
seol la reul ma ji ha da
迎新春。

성격

發音 seong gyeok

中譯 名 性格、性情

272

類義詞

성질（性格seong jil）

相關詞彙

성미 (**脾氣**seong mi)

例句
그의 성격이 외향적이라고 생각해요.
geu ui seong gyeo gi oe hyang jeo gi ra go saeng ga kae yo
我認為他的性格很外向。
저는 성격이 밝은 남자를 좋아해요.
jeo neun seong gyeo gi bal geun nam ja reul jjo a hae y
我喜歡個性開朗的男生。

세우다

se u da

動 停、建立

相關詞彙

짓다 (**蓋**jit tta)、건조하다 (**建造**geon jo ha da)、건설하다 (**建設**geon seol ha da)、창립하다 (**創立**geon seol ha da)

動詞變化

세워요, 세웠어요, 세울 거예요, 세웁니다

例句
앞에서 차를 세워 주세요.
a pe seo cha reul sse wo ju se yo
請在前面停車。

집 근처에 새 아파트를 새웠어요.
jip geun cheo e sae a pa teu reul ssae wo sseo yo
家裡附近蓋了新的公寓。

세일하다

發音 se il ha da

中譯 動 打折、特價

相關詞彙

바겐세일하다（**大拍賣**ba gen se il ha da）、할인판매하다（**打折出售**ha rin pan mae ha da）

動詞變化

세일해요, 세일했어요, 세일할 거예요, 세일합니다

例句

지금은 세일 기간이라서 의류는 다 할인해서 판매합니다.
ji geu meun se il gi ga ni ra seo ui ryu neun da ha rin hae seo pan mae ham ni da
現在是打折期間，所以衣服全部打折出售。

이것들은 세일하는 중입니까?
i geot tteu reun se il ha neun jung im ni kka
這些都在打折嗎？

소개하다

發音 so gae ha da

中譯 動 介紹

275

相關詞彙

추천하다（**推薦**chu cheon ha da）、설명하다（**說明**seol myeong ha da）

動詞變化

소개해요, 소개했어요, 소개할 거예요, 소개합니다

例句

자기 소개하다.
ja gi so gae ha da
自我介紹。

손님한테 상품을 소개합니다.
son nim han te sang pu meul sso gae ham ni da
向客人介紹商品。

소금

發音 so geum

中譯 名 鹽

276

類義詞

식염（**食用鹽**si gyeom）

相關詞彙

식초（**食用醋**sik cho）、간장（**醬油**gan jang）、후춧가루（**胡椒粉**hu chut kka ru）、설탕（**糖**seol tang）

例句
요리 안에 소금을 조금 넣으면 더 맛있어요.
yo ri a ne so geu meul jjo geum neo eumyeon deo ma si sseo yo
在菜裡加一點鹽會更好吃。
음식이 너무 싱거워요. 소금 좀 뿌려야 돼요.
eum si gi neo mu sing geo wo yo so geum jom ppu ryeo ya dwae yo
食物味道太淡了，要灑點鹽才行。

소리

發音 so ri

中譯 名 聲音、話

相關詞彙

목소리（**聲音**mok sso ri）、음량（**音量**eum nyang）

例句
벨 소리가 울렸어요.
bel so ri ga ul lyeo sseo yo
鈴聲響了。
소리가 너무 작아서 잘 안 들려요.

so ri ga neo mu ja ga seo jal an deul lyeo yo
聲音太小了，聽不清楚。

發音 sok

中譯 名 內、裡面、內心

類義詞

안（內an）

反義詞

밖（外面bak）

相關詞彙

안개 속（霧中an gae sok）、마음 속（心中ma eum sok）

例句

이 빵 속에 팥이 들어가 있어요.
i ppang so ge pa chi deu reo ga i sseo yo
這麵包裡有紅豆。

만두 속.
man du sok
水餃餡。

發音 son nim

中譯 名 客人

279

相關詞彙

단골손님 (常客dan gol son nim) 、내빈 (來賓nae bin) 、귀빈 (貴賓gwi bin) 、방문객 (訪客bang mun gaek)

例句

방금 집에 손님이 오셨어요.
bang geum ji be son ni mi o syeo sseo yo
剛才客人來家裡了。

이 디저트는 손님 접대용으로 준비한 거예요.
i di jeo teu neun son nim jeop ttae yong eu ro jun bi han geo ye yo
這甜點是為了招待客人所準備的。

發音 syo ping

中譯 名 購物

280

相關詞彙

쇼핑몰 (購物中心syo ping mol) 、홈 쇼핑 (電視購物hom syo ping) 、쇼핑센터 (購物中心syo ping sen teo) 、인터넷 쇼핑 (網路購物in teo net syo ping)

例句

갈이 쇼핑 하러 갈까요?
ga chi syo ping ha reo gal kka yo
要不要一起去購物？
인터넷에서 쇼핑하는 것이 제 취미예요.
in teo ne se seo syo ping ha neun geo si je chwi mi ye yo
網路購物是我的興趣。

수술하다

發音 su sul ha da

中譯 動 手術

類義詞

메스를 대다 (**動刀** me seu reul ttae da)

相關詞彙

성형 수술 (**整型手術** seong hyeong su sul) 、수술 중 (**手術中** su sul jung)

動詞變化

수술해요, 수술했어요, 수술할 거예요, 수술합니다

例句

이 환자의 수술 결과가 좋습니다.
i hwan ja ui su sul gyeol gwa ga jo sseum ni da

這位患者的手術結果很好。
그는 교통사고를 당해서 수술을 받아야 합니다.
geu neun gyo tong sa go reul ttang hae seo su su reul ppa da ya ham ni da
他因為出車禍，必須要開刀。

수영하다

類義詞

헤엄치다（游泳he eom chi da）

相關詞彙

수영복（泳衣su yeong bok）、수영모（泳帽su yeong mo）、수영장（游泳池su yeong jang）、수영 선수（游泳選手su yeong seon su）

動詞變化

수영해요, 수영했어요, 수영할 거예요, 수영합니다

例句

수영을 할 줄 아세요?
su yeong eul hal jjul a se yo
您會游泳嗎？
여기서 수영할 수 있어요?
yeo gi seo su yeong hal ssu i sseo yo

這裡可以游泳嗎？

쉬다

發音 swi da

中譯 動 休息、睡覺

283

類義詞

휴식하다（休息hyu si ka da）

動詞變化

쉬어요, 쉬었어요, 쉴 거예요, 쉽니다

例句

주말에 집에서 쉬다.
ju ma re ji be seo swi da
週末在家休息。

여기서 잠깐 쉬었다 갑시다.
yeo gi seo jam kkan swi eot tta gap ssi da
在這裡休息一下再走吧。

쉽다

發音 swip tta

中譯 形 容易

284

類義詞

간단하다（簡單gan dan ha da）、용이하다（容易yong i ha da）

反義詞

어렵다（困難eo ryeop tta）

相關詞彙

간편하다（簡便gan pyeon ha da）

形容詞變化

쉬운, 쉬워요, 쉬웠어요, 쉽습니다

例句

집중하지 않으면 실수하기 쉬워요.

jip jjung ha ji a neu myeon sil su ha gi swi wo yo

不專心的話，容易出錯。

이 책 내용은 쉬워요.

i chaek nae yong eun swi wo yo

這本書的內容很簡單。

슈퍼마켓

發音 syu peo ma ket

中譯 名 超市

相關詞彙

시장（市場si jang）、새벽 시장（早市sae byeok si jang）、야시장（夜市ya si jang）、백화점（百貨公司bae kwa jeom）

슈퍼마켓에 오신 걸 환영합니다.

例句 syu peo ma ke se o sin geol hwa nyeong ham ni da

歡迎您來到超級市場。

백화점의 지하 1층은 슈퍼마켓입니다.

bae kwa jeo mui ji ha il cheung eun syu peo ma ke sim ni da

百貨公司的地下一樓是超市。

스포츠

seu po cheu

體育運動

類義詞

운동（**運動**un dong）

相關詞彙

스포츠 팬（**體育迷**seu po cheu paen）、스포츠 뉴스（**體育新聞**seu po cheu nyu seu）、스포츠 쇼（**體育表演**seu po cheu syo）、스포츠 프로그램（**體育節目**seu po cheu peu ro geu raem）、스포츠 경기（**體育比賽**seu po cheu gyeong gi）

例句 어떤 스포츠를 좋아하세요?

eo tteon seu po cheu reul jjo a ha se yo

您喜歡哪種運動？

그는 스포츠 광입니다.

geu neun seu po cheu gwang im ni da
他是運動迷。

슬프다

發音 seul peu tta

中譯 形 難過、悲哀

287

類義詞

마음이 아프다（悲傷ma eu mi a peu da）

反義詞

기쁘다（開心gi ppeu da）

相關詞彙

슬퍼하다（難過seul peo ha da）、상심하다（傷心sang sim ha da）

形容詞變化

슬픈, 슬퍼요, 슬펐어요, 슬픕니다

例句

슬픈 영화를 보면서 눈물이 나요.
seul peun yeong hwa reul ppo myeon seo nun mu ri na yo
邊看悲劇電影，邊掉眼淚。

좀 슬픈 느낌이 들었어요.
jom seul peun neu kki mi deu reo sseo yo
感到有點難過。

시골

發音 si gol

中譯 名 鄉下、鄉村

288

類義詞

농촌（農村nong chon）、향촌（鄉村hyang chon）

相關詞彙

도시（都市do si）

例句

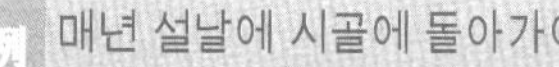
매년 설날에 시골에 돌아가야 해요.

mae nyeon seol la re si go re do ra ga ya hae yo

每年的春節都要回鄉下。

시골과 도시 중에 어느 곳에서 살고 싶어요?

si gol gwa do si jung e eo neu go se seo sal kko si peo yo

鄉下和都市你想住在哪個地方？

시끄럽다

發音 si kkeu reop tta

中譯 形 喧嘩、吵雜

289

類義詞

떠들썩하다（喧嘩tteo deul sseo ka da）

反義詞

조용하다（安靜jo yong ha da）

形容詞變化

시끄러운, 시끄러워요, 시끄러웠어요, 시끄럽습니다

例句

옆에 사는 사람이 너무 시끄러워서 잠을 잘 수 없어요.

yeo pe sa neun sa ra mi neo mu si kkeu reo wo seo ja meul jjal ssu eop sseo yo

住在旁邊的人太吵了，沒辦法睡覺。

이런 시끄러운 환경은 싫어요.

i reon si kkeu reo un hwan gyeong eun si reo yo

我不喜歡這種吵雜的環境。

시원하다

發音 si won ha da

中譯 形 涼快、涼爽、痛快

相關詞彙

서늘하다（涼颼颼seo neul ha tta）

形容詞變化

시원한, 시원해요, 시원했어요, 시원합니다

例句
비가 내린 후에 날씨가 시원해졌어요.
bi ga nae rin hu e nal ssi kka si won hae jeo sseo yo
下雨後，天氣變涼爽了。
여러분의 말을 듣고 마음이 시원해졌습니다.
yeo reo bu nui ma reul tteut kko ma eu mi si won hae jeot sseum ni da
聽了各位的話後，心裡舒坦多了。

시험

 si heom
 考試、測驗

類義詞
고사（**考試**go sa）
相關詞彙
중간 고사（**期中考**jung gan go sa）、필기 시험（**筆試**pil gi si heom）、구두 시험（**口試**gu du si heom）、시험장（**考場**si heom jang）

例句
이따가 시험을 보러 갑니다.
i tta ga si heo meul ppo reo gam ni da
待會要去考試。
영어 시험이 있어서 열심히 공부해야 됩니다.
yeong eo si heo mi i sseo seo yeol sim hi

gong bu hae ya doem ni da
因為有英文考試，必須努力讀書才行。

식당

發音 sik ttang

名 小吃店、餐廳

類義詞

음식점 (小吃店eum sik jjeom)

相關詞彙

레스토랑 (西式餐廳re seu to rang) 、분식집 (麵店bun sik jjip) 、일식집 (日式料理店il sik jjip) 、중식집 (中式料理店jung sik jjip) 、빵집 (麵包店ppang jip)

例句

식당이 몇 층입니까?
sik ttang i myeot cheung im ni kka
餐廳在幾樓？

우리 집 근처에 맛있는 식당이 많아요.
u ri jip geun cheo e ma sin neun sik ttang i ma na yo
我們家附近有很多好吃的店。

신다

發音 sin da

中譯 動 穿（鞋、襪）

293

反義詞

벗다（脫beot tta）

相關詞彙

입다（穿衣服ip tta）

動詞變化

신어요, 신었어요, 신을 거예요, 신습니다

例句

올 겨울엔 부츠 신을 거예요.
ol gyeo u ren bu cheu si neul kkeo ye yo
今年冬天我要穿靴子。

저는 가끔 운동화도 신어요.
jeo neun ga kkeum un dong hwa do si neo yo
我偶爾也會穿運動鞋。

신문

發音 sin mun

中譯 名 報紙

294

相關詞彙

조간 신문（早報jo gan sin mun）、석간 신문（晚報seok kkan sin mun）、신문 기자（報社記者sin mun gi ja）、신문걸이（**報架**sin mun geo ri）、신문 배달（**送報**sin mun bae dal）

例句
오늘 신문 기사를 보셨습니까?
o neul ssin mun gi sa reul ppo syeot sseum ni kka
你看過今天的報紙了嗎？
제가 신문을 읽을 때 보통 기사 표제만 읽습니다.
je ga sin mu neul il geul ttae bo tong gi sa pyo je man ik sseum ni da
我看報紙的時候，一般只看報導的標題。

실례하다

發音 sil lye ha da
中譯 動 失禮、不禮貌

295

相關詞彙

폐를 끼치다（**添麻煩**pye reul kki chi da）、죄송하다（**抱歉**joe song ha da）、미안하다（**對不起**mi an ha da）

動詞變化

실례해요, 실례했어요, 실례할 거예요, 실례합니다

먼저 실례하겠습니다.

例句
meon jeo sil lye ha get sseum ni da
我先離開了。
방금 실례했습니다. 양해해 주십시오.
bang geum sil lye haet sseum ni da yang hae hae ju sip ssi o
剛才失禮了，請您原諒。

싫다

發音 sil ta

中譯  形 討厭、不願意

類義詞

밉다（**討厭**mip tta）

反義詞

좋다（**喜歡**jo ta）

形容詞變化

싫은, 싫어요, 싫었어요, 싫습니다

例句
나는 네가 제일 싫다.
na neun ne ga je il sil ta
我最討厭你。
회사에 가기 싫어요.
hoe sa e ga gi si reo yo.
我不想去上班。

싸다

 ssa da

 形 便宜

類義詞

헐하다（便宜heol ha da）

反義詞

비싸다（貴bi ssa da）

形容詞變化

싼, 싸요, 쌌어요, 쌉니다

例句

값이 싸서 사고 싶어요.
gap ssi ssa seo sa go si peo yo
價格便宜所以想買。

이건 품질도 좋고 값도 쌉니다.
i geon pum jil do jo ko gap tto ssam ni da
這個品質好價格也便宜。

싸우다

 ssa u da

 動 打架、吵架

類義詞

다투다（打架da tu da）

相關詞彙

겨루다（決勝負gyeo ru da）、전쟁하다（戰爭jeon jaeng ha da）、논쟁하다（爭論non jaeng ha da）

動詞變化

싸워요, 싸웠어요, 싸울 거예요, 싸웁니다

例句

교실에서 싸우지 마세요.
gyo si re seo ssa u ji ma se yo
不要在教室裡打架。

더 이상 이런 걸로 싸우지 말고 화해해요.
deo i sang i reon geol lo ssa u ji mal kko hwa hae hae yo
別在為這種事吵架和好吧。

쓰다

發音 sseu da

中譯 動 寫、書寫

299

類義詞

적다（寫jeok tta）

相關詞彙

기재하다（記載gi jae ha da）、기록하다（記錄gi ro ka da）

動詞變化

써요, 썼어요, 쓸 거예요, 씁니다

例句
이 글은 제가 쓴 거예요.
i geu reun je ga sseun geo ye yo
這文章是我寫的。
자기의 이름을 쓰세요.
ja gi ui i reu meul sseu se yo
請寫自己的名字。

쓰레기

sseu re gi

名 垃圾

300

相關詞彙

쓰레기통（**垃圾桶**sseu re gi tong）、쓰레기차（**垃圾車**sseu re gi cha）、쓰레기 더미（**垃圾堆**sseu re gi deo mi）、쓰레기 봉투（**垃圾袋**sseu re gi bong tu）

例句
길에서 쓰레기를 버리면 안 돼요.
gi re seo sseu re gi reul ppeo ri myeon an dwae yo
不可以在路上丟垃圾。
나는 쓰레기를 버리기 전에 구분해서 버린다.
na neun sseu re gi reul ppeo ri gi jeo ne gu bun hae seo beo rin da.
我在丟垃圾之前，會先分類好再丟。

씻다

ssit tta

動 洗、洗刷

301

相關詞彙

빨다（洗滌ppal tta）、닦다（擦拭dak tta）

動詞變化

씻어요, 씻었어요, 씻을 거예요, 씻습니다

例句

밥을 먹기 전에 손을 씻어야 합니다.
ba beul meok kki jeo ne so neul ssi seo ya ham ni da
吃飯前要先洗手。

보통 아침에 냉수로 얼굴을 씻어요.
bo tong a chi me naeng su ro eol gu reul ssi seo yo
通常早上會用冷水洗臉。

開頭詞彙

아기

發音 a gi

中譯 名 小孩

類義詞

어린애（小孩eo ri nae）

相關詞彙

어린이（兒童eo ri ni）、유아（幼兒yu a）

例句

아기가 잠을 잘 자요.

a gi ga ja meul jjal jja yo

小孩很會睡覺。

아기한테 우유를 먹일 시간이에요.

a gi han te u yu reul meo gil si ga ni e yo

喂小孩喝奶的時間到了。

아까

發音 a kka

中譯 副 剛才、剛剛

類義詞

조금 전에（剛才jo geum jeo ne）

아까 오신 분이 김교수입니까?

a kka o sin bu ni gim gyo su im ni kka

例句

剛才來的人是金教授嗎?

저는 아까 말한 것을 잊어버렸어요.

jeo neun a kka mal han geo seul i jeo beo ryeo sseo yo

我忘記我剛才說的話了。

아내

a nae

妻子、太太

類義詞

처 (妻子cheo)

反義詞

남편 (丈夫nam pyeon)

相關詞彙

집사람 (內人jip ssa ram) 、마누라 (老婆ma nu ra)

例句

그녀는 제 아내입니다.

geu nyeo neun je a nae im ni da

她是我的太太。

어제 제 아내가 퇴원했어요.

eo je je a nae ga toe won hae sseo yo

昨天我老婆出院了。

아들

發音 a deul

中譯 名 兒子

305

反義詞

딸（女兒ttal）

相關詞彙

막내아들（小兒子mang nae a deul）、자녀（子女ja nyeo）、수양아들（養子su yang a deul）

例句

아들을 낳았어요.
a deu reul na a sseo yo
生了兒子。

그 분은 김선생의 아드님이에요.
geu bu neun gim seon saeng ui a deu ni mi e yo
他是金先生的兒子。

아름답다

發音 a reum dap tta

中譯 形 美麗

306

類義詞

예쁘다（漂亮ye ppeu da）

反義詞

（醜chu ha da）

相關詞彙

（好看meot jji da）

形容詞變化

여기 풍경은 참 아름다워요.

yeo gi pung gyeong eun cham a reum da wo yo

這裡的風景真美麗。

장미꽃은 매우 아름답습니다.

jang mi kko cheun mae u a reum dap sseum ni da

玫瑰花很美麗。

發音 a beo ji

中譯 名 爸爸

類義詞

（爸爸a ppa）、（父親a beo nim）、（父親bu chin）

反義詞

（媽媽eo meo ni）

例句

아버지, 오늘 많이 피곤하시죠?
a beo ji o neul ma ni pi gon ha si jyo
爸，您今天很疲累吧？

아버지께서 지금 신문을 보고 계세요.
a beo ji kke seo ji geum sin mu neul ppo go gye se yo
爸爸現在在看報紙。

아이

 a i

  名 小孩、孩子

 308

反義詞

어른（大人eo reun）

相關詞彙

사내아이（男孩子sa nae a i）、계집아이（女孩子gye ji ba i）、꼬마（小朋友kko ma）、어린이（孩子eo ri ni）、아동（兒童a dong）

例句

전 어렸을 때 아이를 낳고 싶었어요.
jeon eo ryeo sseul ttae a i reul na ko si peo sseo yo
我小時候，很想生小孩。

도와 주세요. 저는 아이를 잃어버렸어요.
do wa ju se yo jeo neun a i reul i reo beo ryeo

sseo yo
請幫幫我，我把孩子弄丟了。

아주머니

發音 a ju meo ni

中譯 名 阿姨、大媽

309

類義詞

아줌마（阿姨a jum ma）、아주머님（阿姨a ju meo nim）

相關詞彙

아저씨（大叔a jeo ssi）

아주머니, 이거 얼마예요?
a ju meo ni i geo eol ma ye yo
阿姨，這多少錢？
아주머니, 반찬 좀 더 주세요.
a ju meo ni ban chan jom deo ju se yo
阿姨，再給我一點小菜。

아침

發音 a chim

中譯 名 早上、早餐

310

反義詞

（晚上bam）

相關詞彙

（清晨sae byeok）、（中午jeong o）、（傍晚jeo nyeok）、（夜間ya gan）、（上午o jeon）、（下午o hu）

mae il a chim yeo deop ssi ba ne i reo nam ni da

每天早上8點半起床。

a chi meu ro mwol meo geo sseo yo

你早餐吃了什麼？

發音 a pa teu

中譯 名 公寓

相關詞彙

（大樓bil ding）、（別墅byeol jang）、（考試院go si tel）、（樓房bil la）、（平房dan cheung jip）

jeo neun ji geum a pa teu e sa ra yo

例句
我現在住在公寓。
당신이 사는 아파트가 어디예요?
dang si ni sa neun a pa teu ga eo di ye yo
你住的公寓在哪裡？

아프다

發音 a peu da

中譯 形 痛、不舒服

312

類義詞

통증을 느끼다（**感到疼痛**tong jeung eul neu kki da）

形容詞變化

아픈, 아파요, 아팠어요, 아픕니다

例句
안색이 안 좋네요. 어디가 아프세요?
an sae gi an jon ne yo eo di ga a peu se yo
你臉色不好耶，哪裡不舒服嗎？
머리가 너무 아파서 일에 집중할 수가 없어요.
meo ri ga neo mu a pa seo i re jip jjung hal ssu ga eop sseo yo
頭很痛，沒辦法集中精神工作。

알다

al tta

知道、明白、會、懂

313

反義詞

모르다 (不知道、不懂mo reu da)

相關詞彙

이해하다 (理解i hae ha da)

動詞變化

알아요, 알았어요, 알 거예요, 압니다

例句

운전할 줄 아세요?
un jeon hal jjul a se yo
你會開車嗎？

유명한 배우가 여기에 온다는 것을 이미 알았어요.
yu myeong han bae u ga yeo gi e on da neun geo seul i mi a ra sseo yo
我早知道有知名的演員來到這裡。

알맞다

al mat tta

相配、合適

314

類義詞

어울리다（相配eo ul li da）

相關詞彙

적합하다（適合jeo ka pa da）

形容詞變化

알맞아요, 알맞았어요, 알맞을 거예요, 알맞습니다

例句

이 신발은 나한테 알맞다.

i sin ba reun na han te al mat tta

這鞋子很適合我。

이 집은 두 사람이 살기에 꼭 알맞아요.

i ji beun du sa ra mi sal kki e kkok al ma ja yo

這間房子很適合兩個人居住。

 ap

 名 前面

反義詞

뒤（後面dwi）

相關詞彙

앞뒤（前後ap ttwi）、앞부분（前面的部分ap ppu bun）、앞머리（瀏海am meo ri）、전방（前方jeon bang）

그 대통령 후보가 사람들 앞에 무릎을 꿇었다.

例句

geu dae tong nyeong hu bo ga sa ram deul a pe mu reu peul kku reot tta

那位總統候選人在大家的面前跪了下來。

다시 내 눈 앞에 나타나지 마세요.

da si nae nun a pe na ta na ji ma se yo

請不要再出現在我的眼前。

yak

大約、大概

類義詞

대개（**大概**dae gae）、대략（**大略**dae ryak）

例句

기차로 가면 약 2시간정도 걸려야 돼요.

gi cha ro ga myeon yak du si gan jeong do geol lyeo ya dwae yo

搭火車去的話，大約要花2個小時。

내일 약 2천명의 사람이 올 거예요.

nae il yak i cheon myeong ui sa ra mi ol geo ye yo

明天大約會來2千人。

약간

發音 yak kkan

中譯 副 若干、有點

317

類義詞

조금（一點jo geum）

反義詞

많이（多ma ni）

相關詞彙

다소（多少、若干da so）

例句

배가 약간 고프네요.

bae ga yak kkan go peu ne yo

肚子有點餓耶！

오늘 날씨가 약간 춥네요.

o neul nal ssi kka yak kkan chum ne yo

今天有點冷耶！

얇다

發音 yap tta

中譯 形 薄

318

類義詞

엷다（薄yeop tta）

反義詞

두껍다 (厚du kkeop tta)

얇은, 얇아요, 얇았어요, 얇습니다

例句

이런 추운 날씨에 이런 얇은 옷을 입지 마라.

i reon chu un nal ssi e i reon yal beun o seul ip jji ma ra

在這種寒冷的天氣，別穿這種薄衣服。

나는 얇은 종이가 필요해요.

na neun yal beun jong i ga pi ryo hae yo

我需要薄的紙張。

얘기하다

發音 yae gi ha da

中譯 動 談話、聊天、講故事

옛날 얘기 (**以前的故事**yen nal yae gi)

動詞變化

얘기해요, 얘기했어요, 얘기할 거예요, 얘기합니다

例句

나와 얘기 좀 하자.

na wa yae gi jom ha ja

和我聊聊吧。

우리는 가면서 얘기합시다.

u ri neun ga myeon seo yae gi hap ssi da
我們邊走邊聊吧。

어둡다

發音 eo dup tta

中譯 形 黑暗

320

類義詞

깜깜하다（漆黑kkam kkam ha da）

反義詞

밝다（明亮bak tta）

形容詞變化

어두운, 어두워요, 어두웠어요, 어둡습니다

例句

날이 점점 어두워집니다.
na ri jeom jeom eo du wo jim ni da
天漸漸變黑了。

집이 너무 어두워서 아무것도 안 보여요.
ji bi neo mu eo du wo seo a mu geot tto an bo yeo yo
家裡太暗了，什麼也看不見。

어른

發音 eo reun

中譯 名 大人、成人

類義詞

성인 (成人seong in)

反義詞

아이 (小孩a i)

相關詞彙

젊은이 (年輕人jeol meu ni) 、어른스럽다 (成熟 eo reun seu reop tta)

例句

어른이 되면 돈을 많이 벌 거예요.
eo reu ni doe myeon do neul ma ni beol geo ye yo
等我長大，我要賺很多錢。

우리 딸이 이제는 어른이 되었어요.
u ri tta ri i je neun eo reu ni doe eo sseo yo
我們的女兒現在已經成人了。

어울리다

發音 eo ul li da

中譯 動 協調、適合

類義詞

（合適mat tta）

相關詞彙

（正合適ttang mat tta）

動詞變化

옷이 예뻐요. 그러나 저와 잘 어울리지 않아요.

o si ye ppeo yo geu reo na jeo wa jal eo ul li ji a na yo

衣服很漂亮，但是不適合我。

이 바지에 어울리는 와이셔츠를 찾고 있습니다.

i ba ji e eo ul li neun wa i syeo cheu reul chat kko it sseum ni da

我在找能搭配這件褲子的襯衫。

eo je

名 昨天

反義詞

（今天o neul）

相關詞彙

（後天mo re）、（前天geu jeo kke）

어제 그녀를 만났어요.
eo je geu nyeo reul man na sseo yo
昨天我和她見面了。
어제 밤 뭘 했어요?
eo je bam mwol hae sseo yo
你昨天晚上做了什麼事？

언니

發音 eon ni

中譯 名 姊姊（妹稱呼姊）

類義詞

누나（姊姊nu na）

反義詞

오빠（哥哥o ppa）

제 언니는 회계사입니다.
je eon ni neun hoe gye sa im ni da
我姊姊是會計師。
언니가 주방에서 요리를 만들고 있어요.
eon ni ga ju bang e seo yo ri reul man deul kko i sseo yo
姊姊在廚房裡做菜。

얼음

發音 eo reum

中譯 名 冰、冰塊

325

相關詞彙

얼음 찜질（冰敷eo reum jjim jil）、아이스（冰a i seu）

例句

커피에 얼음을 넣어 주세요.
keo pi e eo reu meul neo eo ju se yo
請在咖啡裡加冰塊。

얼음이 들어있는 물이 필요한데요.
eo reu mi deu reo in neun mu ri pi ryo han de yo
我需要有加冰塊的水。

엄마

發音 eom ma

中譯 名 媽媽

326

類義詞

어머니（媽媽eo meo ni）、모친（母親mo chin）

反義詞

아빠（爸爸a ppa）

엄마, 집에 먹을 거 없어요?
eom ma ji be meo geul kkeo eop sseo yo
媽，家裡有什麼吃的嗎？
엄마, 안녕히 주무세요.
eom ma an nyeong hi ju mu se yo
媽，晚安！

發音 eop tta
中譯 形 沒有、不在

反義詞

있다（有、在it tta）

形容詞變化

없는, 없어요, 없었어요, 없습니다

돈이 없으면 여행을 갈 수 없어요.
do ni eop sseu myeon yeo haeng eul kkal ssu eop sseo yo
如果沒有錢，就不能去旅行。
미연이는 집에 없어요.
mi yeo ni neun ji be eop sseo yo
美妍不在家。

發音 yeo gi

中譯 代 這裡

328

類義詞

（這個地方i got）

相關詞彙

（那裡geo gi）、　（較遠的那裡jeo gi）

여기가 어디입니까?

yeo gi ga eo di im ni kka

這裡是哪裡？

여기에서 지하철역까지 멀어요?

yeo gi e seo ji ha cheo ryeok kka ji meo reo yo

這裡離地鐵站遠嗎？

發音 yeo ja

中譯 名 女子、女生

329

類義詞

여인（女人yeo in）、여성（女性yeo seong）

反義詞

남자（男生nam ja）

相關詞彙

여자친구（女朋友yeo ja chin gu）

例句

어떤 여자를 좋아해요?

eo tteon yeo ja reul jjo a hae yo

你喜歡怎麼樣的女生？

여자들이 좋아하는 것이 뭐예요?

yeo ja deu ri jo a ha neun geo si mwo ye yo

女孩們會喜歡的東西是什麼？

여행

發音 yeo haeng

中譯 名 旅行、旅遊

類義詞

관광（觀光gwan gwang）

相關詞彙

여행사（旅行社yeo haeng sa）、여행단（旅行團yeo haeng dan）、여행수표（旅行支票yeo haeng su pyo）、여행 계획（旅行計畫yeo haeng gye hoek）

例句

신혼 여행은 어디로 갈 예정입니까?

sin hon yeo haeng eun eo di ro gal ye jeong im ni kka

例句

新婚旅行你打算去哪裡？

이번 여행은 참 재미있었어요.

i beon yeo haeng eun cham jae mi i sseo sseo yo

這次的旅行很有趣。

 yeon se

 名 年紀、年歲

類義詞

나이（年紀na i）、연령（年齡yeol lyeong）

例句

연세가 어떻게 되십니까?

yeon se ga eo tteo ke doe sim ni kka

您今年貴庚？

연세가 조금 있으신 분은 보험 가입이 쉽지 않습니다.

yeon se ga jo geum i sseu sin bu neun bo heom ga i bi swip jji an sseum ni da

有點年紀的人要投保，並不容易。

연습하다

發音 yeon seu pa da

中譯 動 練習

332

相關詞彙

훈련하다（訓練hul lyeon ha da）、단련하다（鍛鍊dal lyeon ha da）

動詞變化

연습해요, 연습했어요, 연습할 거예요, 연습합니다

노래방에서 노래를 연습합니다.
no rae bang e seo no rae reul yeon seu pam ni da
在練歌房裡練習唱歌。

매일 열심히 연습하면 실력이 늘 거예요.
mae il yeol sim hi yeon seu pa myeon sil lyeo gi neul kkeo ye yo
每天努力練習，實力會增長的。

열다

發音 yeol da

中譯 動 打開、召開

333

反義詞

닫다（關dat tta）

相關詞彙

회의를 열다（開會hoe ui reul yeol da）

動詞變化

열어요, 열었어요, 열 거예요, 엽니다

例句

문을 좀 열어 주세요.

mu neul jjom yeo reo ju se yo

請把門打開。

이번 토요일에 학교에서 운동회를 열 예정입니다.

i beon to yo i re hak kkyo e seo un dong hoe reul yeol ye jeong im ni da

這星期六學校要舉行運動會。

영어

發音 yeong eo

中譯 名 英語

334

相關詞彙

영어 회화（英語會話yeong eo hoe hwa）、상업 영어（商業英語sang eop yeong eo）、영어 단어（英語單詞yeong eo da neo）、영어 문법（英語文法yeong eo mun beop）

작문은 영어로 써야 합니다.

jang mu neun yeong eo ro sseo ya ham ni da
作文必須用英文寫。
이 영어를 중국어로 번역하세요.
i yeong eo reul jjung gu geo ro beo nyeo ka se yo
請把這個英文翻成中文。

영화

 yeong hwa

 名 電影

 335

相關詞彙

영화관（電影院yeong hwa gwan）、공포 영화（恐怖電影gong po yeong hwa）、액션 영화（動作電影aek ssyeon yeong hwa）、멜로 영화（愛情電影mel lo yeong hwa）、애니메이션（動畫片ae ni me i syeon）、코믹영화（喜劇片ko mi gyeong hwa）、전쟁 영화（戰爭電影jeon jaeng yeong hwa）

例句
어제 본 영화는 어땠어요?
eo je bon yeong hwa neun eo ttae sseo yo
昨天看的電影怎麼樣？
이 영화는 매우 감동적입니다.
i yeong hwa neun mae u gam dong jeo gim ni

da
這部電影相當感人。

엽

yeop

旁邊

類義詞

결（旁邊gyeot）

相關詞彙

측면（側面cheung myeon）

例句

학교 옆에 우체국이 있습니다.
hak kkyo yeo pe u che gu gi it sseum ni da
學校旁邊有郵局。

계속 내 옆에 있어 줘요.
gye sok nae yeo pe i sseo jwo yo
一直陪在我身邊吧。

ye ppeu da

漂亮

類義詞

아름답다（美麗a reum dap tta）、곱다（漂亮gop

tta)

反義詞

못생기다 (醜mot ssaeng gi da)

相關詞彙

멋지다 (好看meot jji da)

形容詞變化

예쁜, 예뻐요, 예뻤어요, 예쁩니다

전 예쁜 여자와 사귀고 싶습니다.
jeon ye ppeun yeo ja wa sa gwi go sip sseum ni da
我想和漂亮的女生交往。

그 여자는 예쁘지만 머리가 나빠요.
geu yeo ja neun ye ppeu ji man meo ri ga na ppa yo
那女生雖然很漂亮，但是很笨。

예약하다

發音 ye ya ka da

中譯 動 預約

338

相關詞彙

주문하다 (定貨、點餐ju mun ha da)

動詞變化

예약해요, 예약했어요, 예약할 거예요, 예약합니다

방을 예약하셨습니까?
bang eul ye ya ka syeot sseum ni kka
您預約房間了嗎？
예약을 안 했어요. 빈 방 있어요?
ye ya geul an hae sseo yo bin bang i sseo yo
我沒預約，有空房間嗎？

오다

o da

來

339

反義詞

가다（去ga da）

相關詞彙

들어오다（進來deu reo o da）、내려오다（下來nae ryeo o da）、올라오다（上來ol la o da）、다녀오다（去過da nyeo o da）

動詞變化

와요, 왔어요, 올 거예요, 옵니다

例句

선생님이 여기에 오고 있어요.
seon saeng ni mi yeo gi e o go i sseo yo
老師正走向這裡。
여기에 오기 전에 먼저 전화하세요.
yeo gi e o gi jeo ne meon jeo jeon hwa ha se

yo

在來這裡之前，請先打個電話。

오르다

發音 o reu da

中譯 動 上、登（山）

340

反義詞

내리다（下nae ri da）

相關詞彙

올라가다（上去ol la ga da）

動詞變化

올라요, 올랐어요, 오를 거예요, 오릅니다

例句

산에 오르다.

sa ne o reu da

上山。

쌀 가격이 많이 올랐어요.

ssal kka gyeo gi ma ni ol la sseo yo

米價上漲很多。

오른쪽

發音 o reun jjok

中譯 名 右邊

341

類義詞

우측 (右側u cheuk)

反義詞

왼쪽 (左邊oen jjok)、좌측 (左側jwa cheuk)

例句

오른쪽에 보이는 건물이 우리 회사입니다.

o reun jjo ge bo i neun geon mu ri u ri hoe sa im ni da

右邊看到的建築物是我們公司。

오른쪽으로 도세요.

o reun jjo geu ro do se yo

請往右轉。

오전

 o jeon

  上午

反義詞

오후 (下午o hu)

相關詞彙

정오 (中午jeong o)

例句

지금은 오전 9시입니다.

ji geu meun o jeon a hop ssi im ni da

現在是上午九點。

오늘 오전에는 집에서 자고 있었어요.

o neul o jeo ne neun ji be seo ja go i sseo sseo yo

今天上午我在家裡睡覺。

올해

發音 ol hae

中譯 名 今年

343

類義詞

금년（今年geum nyeon）

相關詞彙

내년（明年nae nyeon）、작년（去年jang nyeon）

올해 겨울은 매우 춥습니다.

ol hae gyeo u reun mae u chup sseum ni da

今年冬天很冷。

올해 여름 방학에 무슨 계획이 있어요?

ol hae yeo reum bang ha ge mu seun gye hoe gi i sseo yo

今年暑假你有什麼計劃？

發音 ot

中譯 名 衣服

344

類義詞

의복（衣服ui bok）、의상（衣裳ui sang）

相關詞彙

복장（服裝bok jjang）、의류（衣類ui ryu）

옷을 입고 외출해요.

o seul ip kko oe chul hae yo

穿好衣服出門。

새 옷을 사고 싶어요.

sae o seul ssa go si peo yo

想買新衣服。

發音 oe guk

中譯 名 外國

345

類義詞

（國外gu goe）

反義詞

（國內gung nae）

相關詞彙

해외 (海外hae oe)

例句 인터넷을 통해서 많은 외국 친구를 사귀었어요.
in teo ne seul tong hae seo ma neun oe guk chin gu reul ssa gwi eo sseo yo
藉由網路交了許多外國朋友。
그는 외국 유학생입니다.
geu neun oe guk yu hak ssaeng im ni da
他是外國留學生。

외롭다

發音 oe rop tta

中譯 形 孤單、孤獨

346

類義詞

고독하다 (**孤獨**go do ka da)

相關詞彙

쓸쓸하다 (**寂寞、冷清**sseul sseul ha tta)、적적하다 (**無聊**jeok jjeo ka da)

形容詞變化

외로운, 외로워요, 외로웠어요, 외롭습니다

혼자 집에 있을 때 외로운가요?
hon ja ji be i sseul ttae oe ro un ga yo

例句
一個人在家的時候，你會孤單嗎？
혼자서 사는 것은 참 외롭습니다.
hon ja seo sa neun geo seun cham oe rop sseum ni da
一個人住很孤單。

외할머니

發音 oe hal meo ni

中譯 名 外婆

類義詞

외조모（外祖母oe jo mo）

反義詞

외할아버지（外公oe ha ra beo ji）、외조부（外祖父oe jo bu）

例句
제 외할머니는 이미 돌아가셨어요.
je oe hal meo ni neun i mi do ra ga syeo sseo yo
我外婆已經過世了。
제가 어렸을 때 외할머니와 함께 살았어요.
je ga eo ryeo sseul ttae oe hal meo ni wa ham kke sa ra sseo yo
我小時候和外婆一起住。

요즘

發音 yo jeum

中譯 名 最近、近來

348

類義詞

근래（近來geul lae）、최근（最近choe geun）

요즘은 너무 바쁩니다.
yo jeu meun neo mu ba ppeum ni da
最近很忙。
요즘 날씨는 비가 내리는 날이 많습니다.
yo jeum nal ssi neun bi ga nae ri neun na ri man sseum ni da
最近大多是下雨的天氣。

우체국

發音 u che guk

中譯 名 郵局

349

相關詞彙

우체통（郵筒u che tong）、우체부（郵差u che bu）、우편물（郵件u pyeon mul）

우체국은 어디입니까?
u che gu geun eo di im ni kka

例句

郵局在哪裡呢？

저는 우체국에서 일하고 있어요.

jeo neun u che gu ge seo il ha go i sseo yo

我在郵局工作。

운동하다

發音 un dong ha da

中譯 動 運動

相關詞彙

활동하다（活動hwal dong ha da） 

動詞變化

운동해요, 운동했어요, 운동할 거예요, 운동합니다

例句

운동하는 것은 건강에 좋습니다.

un dong ha neun geo seun geon gang e jo sseum ni da

運動對健康很好。

아침에 운동하러 공원에 갑니다.

a chi me un dong ha reo gong wo ne gam ni da

早上去公園運動。

운전하다

發音 un jeon ha da

中譯 動 駕駛、開車

351

相關詞彙

운전 면허증（駕駛執照un jeon myeon heo jeung）、운전기사（司機un jeon gi sa）、주유소（加油站ju yu so）

動詞變化

운전해요, 운전했어요, 운전할 거예요, 운전합니다

例句

술을 마시고 운전하면 안 됩니다.
su reul ma si go un jeon ha myeon an doem ni da
酒後不能開車。

운전하실 때는 안전벨트를 꼭 매도록 하세요.
un jeon ha sil ttae neun an jeon bel teu reul kkok mae do rok ha se yo
開車時一定要繫安全帶。

울다

發音 ul da

中譯 動 哭

352

反義詞

웃다 (笑ut tta)

相關詞彙

눈물을 흘리다 (流淚nun mu reul heul li da)

動詞變化

울어요, 울었어요, 울 거예요, 웁니다

例句

아이가 넘어져서 큰 소리로 울었다.
a i ga neo meo jeo seo keun so ri ro u reot tta
小孩跌倒後大聲哭了出來。

그녀는 남자친구와 헤어진 후에 계속 울고 있어요.
geu nyeo neun nam ja chin gu wa hye eo jin hu e gye sok ul go i sseo yo
她和男朋友分手後，一直在哭。

웃다

發音 ut tta

中譯 動 笑

353

反義詞

울다 (哭ul da)

相關詞彙

미소 (微笑mi so)

動詞變化

웃어요, 웃었어요, 웃을 거예요, 웃습니다

例句

그녀가 웃는 모습이 참 예뻐요.

geu nyeo ga un neun mo seu bi cham ye ppeo yo

她笑起來的模樣真美。

너 왜 웃어?

neo wae u seo

你為什麼笑？

위

wi

上

反義詞

아래（下a rae）

相關詞彙

위쪽（上側wi jjok）、상부（上部分sang bu）

例句

교과서는 책상 위에 있어요.

gyo gwa seo neun chaek ssang wi e i sseo yo

教科書在書桌上方。

계속 위로 올라가세요.

gye sok wi ro ol la ga se yo

請繼續往上走。

위험하다

發音 wi heom ha da

 危險

反義詞

안전하다（**安全**an jeon ha da）

相關詞彙

모험하다（**冒險**mo heom ha da）

形容詞變化

위험한, 위험해요, 위험했어요, 위험합니다.

例句

여기서 수영하는 것은 매우 위험해요.
yeo gi seo su yeong ha neun geo seun mae u wi heom hae yo
在這裡游泳很危險。

위험해요. 가까이 오지 마세요!
wi heom hae yo ga kka i o ji ma se yo
很危險，不要靠近。

 yu reop

 歐洲

相關詞彙

서유럽（**西歐**seo yu reop）、동유럽（**東歐**dong

yu reop）、북유럽（北歐bu gyu reop）、중부 유럽（中歐jung bu yu reop）

例句

유럽에 가 본 적이 있습니까?
yu reo be ga bon jeo gi it sseum ni kka
你去過歐洲嗎？

우리 유럽 배낭여행을 갈까요?
u ri yu reop bae nang yeo haeng eul kkal kka yo
我們去歐洲自助旅行，好嗎？

음식

eum sik

名 食物、飲食

相關詞彙

요리（料裡yo ri）、식사（用餐sik ssa）、먹을 것（吃的東西meo geul kkeot）

例句

제가 주문한 음식이 아직 안 나왔습니다.
je ga ju mun han eum si gi a jik an na wat sseum ni da
我點的菜還沒送上來。

너무 매운 음식을 못 먹어요.
neo mu mae un eum si geul mot meo geo yo

我不能吃太辣的食物。

음악

發音 eu mak

中譯 名 音樂

358

相關詞彙

음악가（音樂家eu mak kka）、고전 음악（古典音樂go jeon eu mak）、음악회（音樂會eu ma koe）、배경 음악（背景音樂bae gyeong eu mak）

例句

어떤 장르의 음악을 좋아하세요?

eo tteon jang neu ui eu ma geul jjo a ha se yo

你喜歡什麼樣的音樂？

제 취미는 음악 감상입니다.

je chwi mi neun eu mak gam sang im ni da

我的興趣是聽音樂。

의사

發音 ui sa

中譯 名 醫生

359

相關詞彙

견습 의사（實習醫生gyeon seup ui sa）、내과 의

사（**內科醫生**nae gwa ui sa）、약사（**藥劑師**yak ssa）、간호사（**護士**gan ho sa）、병원（**醫院** byeong won）

例句

의사의 지시대로 약을 복용해야 합니다.
ui sa ui ji si dae ro ya geul ppo gyong hae ya ham ni da
必須依照醫生的指示服藥。

제 꿈은 외과 의사가 되는 것입니다.
je kku meun oe gwa ui sa ga doe neun geo sim ni da
我的夢想是成為外科醫生。

이용하다

發音 i yong ha da

中譯 **動** 利用

360

相關詞彙

응용하다（**應用**eung yong ha da）、사용하다（**使用**sa yong ha da）、활용하다（**活用**hwa ryong ha da）

動詞變化

이용해요, 이용했어요, 이용할 거예요, 이용합니다

좋은 환경을 위해 대중교통을 이용하세요.

例句 jo eun hwan gyeong eul wi hae dae jung gyo tong eul i yong ha se yo

為了好的環境，請利用（搭乘）大眾交通工具。

이번 휴가를 이용하여 한국에 가고 싶어요.

i beon hyu ga reul i yong ha yeo han gu ge ga go si peo yo

我想利用這次的休假去韓國。

이제

類義詞

지금（現在ji geum）

相關詞彙

현재（現在hyeon jae）、방금（剛才bang geum）

例句 이제 퇴근하셔도 됩니다.

i je toe geun ha syeo do doem ni da

您現在可以下班了。

이제 곧 설날이 다가옵니다.

i je got seol la ri da ga om ni da

眼看就要過年了。

이틀

發音 i teul

中譯 名 兩天

362

相關詞彙

하루（一天ha ru）、사흘（三天sa heul）、나흘（四天na heul）、닷새（五天dat ssae）、엿새（六天yeot ssae）、이레（七天i re）、여드레（八天yeo deu re）、아흐레（九天a heu re）、열흘（十天yeol heul）

句

휴가가 이틀밖에 안 남았어요.
hyu ga ga i teul ppa kke an na ma sseo yo
休假只剩下兩天。

이틀의 휴가를 얻었습니다.
i teu rui hyu ga reul eo deot sseum ni da
我得到了兩天的休假。

인터넷

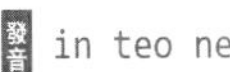
發音 in teo net

中譯 名 網路

363

相關詞彙

PC방（網咖pc bang）、인터넷 게임（網路遊戲in teo net ge im）、인터넷 쇼핑（網路購物in teo net syo ping)、홈페이지 (網頁hom pe i ji)

句 그녀는 인터넷 소설을 아주 즐겨 봐요.
geu nyeo neun in teo net so seo reul a ju jeul kkyeo bwa yo
她很喜歡看網路小說。
인터넷을 통해서 많은 정보를 수집할 수 있어요.
in teo ne seul tong hae seo ma neun jeong bo reul ssu ji pal ssu i sseo yo
可以透過網路收集到很多資訊。

il bon

地 日本

相關詞彙

일본엔화 (日元il bo nen hwa)、일본 사람 (日本人il bon sa ram)、일본어 (日語il bo neo)、일본요리 (日本料理il bo nyo ri)

例句 그는 일본 사람이고 저는 한국사람입니다.
geu neun il bon sa ra mi go jeo neun han guk ssa ra mim ni da
他是日本人，我是韓國人。

이 에어컨은 일본 제품이에요.
i e eo keo neun il bon je pu mi e yo
這台冷氣是日本貨。

일찍

發音 il jjik

中譯 副 早

365

反義詞

늦게（晚neut kke）

相關詞彙

빨리（趕快ppal li）

例句

내일 일찍 일어나야 하니까 빨리 자요.
nae il il jjik i reo na ya ha ni kka ppal li ja yo
明天要早起，快點睡覺吧。

그의 부모님은 일찍 돌아가셨어요.
geu ui bu mo ni meun il jjik do ra ga syeo sseo yo
他的父母很早就過世了。

일하다

發音 il ha da

中譯 動 做事、工作

366

相關詞彙

근무하다（上班geun mu ha da）、직업（職業ji geop）、업무（業務eom mu）、일자리（工作il ja ri）

動詞變化

일해요, 일했어요, 일할 거예요, 일합니다

例句
저는 공장에서 일해요.
jeo neun gong jang e seo il hae yo
我在工廠工作。
준수씨는 어디서 일하세요?
jun su ssi neun eo di seo il ha se yo
俊秀你在哪裡工作？

읽다

發音 ik tta

中譯 動 念、讀

367

相關詞彙

낭독하다（朗讀nang do ka da）

動詞變化

읽어요, 읽었어요, 읽을 거예요, 읽습니다

그때 동생은 책을 읽고 있었어요.
geu ttae dong saeng eun chae geul il kko i

例句
sseo sseo yo
那時，弟弟（妹妹）正在讀書。
다시 한 번 읽어 주세요.
da si han beon il geo ju se yo
請你再念一次。

잃다

發音 il ta

中譯 動 丟失、失去

MP3 368

類義詞

잃어버리다（弄丟i reo beo ri da）、분실하다（遺失bun sil ha da）

相關詞彙

사라지다（消失sa ra ji da）、찾다（找chat tta）、분실물（遺失物品bun sil mul）

動詞變化

잃어요, 잃었어요, 잃을 거예요, 잃습니다

例句
반지 하나를 잃어버렸어요.
ban ji ha na reul i reo beo ryeo sseo yo
弄丟一個戒指。
제 지갑을 잃어버렸습니다.
je ji ga beul i reo beo ryeot sseum ni da
弄丟了我的錢包。

입원하다

發音 i bwon ha da

 住院

反義詞

퇴원하다（出院toe won ha da）

相關詞彙

치료하다（治療chi ryo ha da）、수술하다（手術su sul ha da）、검진하다（診查geom jin ha da）

動詞變化

입원해요, 입원했어요, 입원할 거예요, 입원합니다

例句

그는 어제 교통사고를 당해서 입원했어요.
geu neun eo je gyo tong sa go reul ttang hae seo i bwon hae sseo yo
他昨天因車禍住院了。

입원 중인 친구를 문병하러 병원에 가요.
i bwon jung in chin gu reul mun byeong ha reo byeong wo ne ga yo
去醫院探望住院的朋友。

잊다

 it tta

 忘記

類義詞

잊어버리다 (忘記i jeo beo ri da)

反義詞

생각나다 (想起來saeng gang na da)

動詞變化

잊어요, 잊었어요, 잊을 거예요, 잊습니다

例句

이 약속을 잊지 마세요.

i yak sso geul it jji ma se yo

請不要忘記這個約定。

나는 당신을 잊을 수가 없어요.

na neun dang si neul i jeul ssu ga eop sseo yo

我沒辦法忘記你。

開頭詞彙

자기

發音 

中譯 

類義詞

자신 (自己ja sin)

反義詞

타인 (他人ta in)

相關詞彙

스스로 (自己seu seu ro)

例句

영미씨, 자기 소개 좀 부탁합니다.
yeong mi ssi ja gi so gae jom bu ta kam ni da
英美小姐，請你自我介紹。

제일 이기고 싶은 사람은 자기 자신입니다.
je il i gi go si peun sa ra meun ja gi ja si nim ni da
最想戰勝的人就是自己。

자다

發音 

中譯 

相關詞彙

수면 (睡眠su myeon) 、낮잠을 자다 (睡午覺nat

jja meul jja da)

動詞變化

자요, 잤어요, 잘 거예요, 잡니다

例句

아직 안 자요?

a jik an ja yo

你還不睡嗎？

오늘 아무데도 안 가고 집에서 잘 거예요.

o neul a mu de do an ga go ji be seo jal kkeo ye yo

今天我什麼地方也不去，我要在家裡睡覺。

자동차

中譯

類義詞

차（車cha）

相關詞彙

차량（車輛cha ryang）、자가용차（自用車ja ga yong cha）、트럭（貨車teu reok）、택시（計乘車taek ssi）、고물 자동차（中古汽車go mul ja dong cha）

자동차가 고장나서 지금 수리 중입니다.

例句 ja dong cha ga go jang na seo ji geum su ri jung im ni da
車子故障了，現在在修理中。
자동차 열쇠를 잃어버린 것 같아요.
ja dong cha yeol soe reul i reo beo rin geot ga ta yo
汽車鑰匙好像弄丟了。

자르다

發音 ja reu da

中譯 動 切斷、剪

374

相關詞彙

깎다（修剪kkak tta）、절단하다（切斷jeol dan ha da）、베다（剁、砍be da）、끊다（弄斷kkeun ta）

動詞變化

잘라요, 잘랐어요, 자를 거예요, 자릅니다

例句 머리를 짧게 자르고 싶어요.
meo ri reul jjap kke ja reu go si peo yo
想把頭髮剪短。
종이를 가위로 자르다.
jong i reul kka wi ro ja reu da
用剪刀剪紙張。

자주

發音 ja ju

中譯 副 常常、時常

相關詞彙

흔히（常常heun hi）、늘（總是neul）、항상（經常hang sang）、가끔（偶爾ga kkeum）

例句

자주 고향 생각이 나요.
ja ju go hyang saeng ga gi na yo
時常想起故鄉。

그는 자주 나를 보러 와요.
geu neun ja ju na reul ppo reo wa yo
他時常來看我。

작다

反義詞

크다（大keu da）

相關詞彙

좁다（窄小jop tta）、적다（少jeok tta）、가늘다（細ga neul tta）、약하다（弱ya ka da）

形容詞變化

작은, 작아요, 작았어요, 작습니다

例句 이 신발은 너무 작아서 신을 수가 없어요.
i sin ba reun neo mu ja ga seo si neul ssu ga eop sseo yo
這雙鞋太小了，沒辦法穿。
더 작은 거 없어요?
deo ja geun geo eop sseo yo
沒有再小一點的嗎？

잘못

發音 jal mot

中譯 副 名 錯誤

377

反義詞

정확（正確jeong hwak）

相關詞彙

실수（失誤sil su）、과실（過失gwa sil）、과오（錯誤gwa o）、실책（失策sil chaek）

例句 이게 다 제 잘못입니다. 용서해 주세요.
i ge da je jal mo sim ni da yong seo hae ju se yo
這都是我的錯，請原諒我。
전화 잘못 거셨습니다.

jeon hwa jal mot geo syeot sseum ni da
您打錯電話了。

잠깐

發音 jam kkan

中譯 名 副 一會兒

378

類義詞

잠시（暫時jam si）

反義詞

오랜 시간（許久o raen si gan）

相關詞彙

일시（一時il si）

例句

여기서 잠깐만 기다려 주세요.
yeo gi seo jam kkan man gi da ryeo ju se yo
請在這裡稍等一下。

잠깐만 시간을 내주시겠어요?
jam kkan man si ga neul nae ju si ge sseo yo
方便耽誤你一點時間嗎？

잡다

發音 jap tta

中譯 動 抓、握、掌握

379

類義詞

붙잡다（抓住but jjap tta）

反義詞

놓치다（放跑、錯失not chi da）

相關詞彙

기회를 놓치다（錯過機會gi hoe reul not chi da）

動詞變化

잡아요, 잡았어요, 잡을 거예요, 잡습니다

例句

경찰이 도둑을 잡았어요.
gyeong cha ri do du geul jja ba sseo yo
警察抓到了小偷。

좋은 기회가 있으면 놓치지 말고 잡아야 합니다.
jo eun gi hoe ga i sseu myeon not chi ji mal kko ja ba ya ham ni da
如果有好的機會，不要放過一定要把握。

장소

jang so

場所、地方

類義詞

곳（地方got）

相關詞彙

공공 장소（公共場所gong gong jang so）、오락 장소（娛樂場所o rak jang so）、활동 장소（活動場地hwal dong jang so）、공연 장소（表演場所gong yeon jang so）

例句 만날 장소가 어디인지 몰라요.
man nal jjang so ga eo di in ji mol la yo
我不知道見面的場所在哪裡。
공공장소에서는 담배를 피우면 안 됩니다.
gong gong jang so e seo neun dam bae reul pi u myeon an doem ni da
在公共場所裡不可以抽菸。

장점

發音 jang jeom

中譯 名 長處、優點

381

反義詞

단점（缺點dan jeom）

相關詞彙

특기（專長teuk kki）、재주（本領jae ju）、강점（拿手絕活gang jeom）

무슨 장점이 있어요?
mu seun jang jeo mi i sseo yo

例句

有什麼優點？

그녀의 장점은 마음씨가 착하고 머리가 좋은 것입니다.

geu nyeo ui jang jeo meun ma eum ssi ga cha ka go meo ri ga jo eun geo sim ni da

她的優點是心地善良頭腦又好。

재미있다

發音 
jae mi it tta

中譯 
形 有意思、有趣、好玩

反義詞

재미없다（**無聊、沒意思**jae mi eop tta）

形容詞變化

재미있는, 재미있어요, 재미있었어요, 재미있습니다

例句

오늘 정말 재미있었어요.

o neul jjeong mal jjae mi i sseo sseo yo

今天真的很有趣（好玩）。

재미있는 이야기를 들려 줄게요.

jae mi in neun i ya gi reul tteul lyeo jul ge yo

告訴你有趣的故事。

저녁

發音 jeo nyeok

中譯 名 晚上、晚餐

383

類義詞

저녁 식사（晚餐jeo nyeok sik ssa）、저녁밥（晚餐jeo nyeok ppap）

相關詞彙

아침 식사（早餐a chim sik ssa）、점심 식사（晚飯jeom sim sik ssa）、야식（消夜ya sik）

例句

보통 저녁 7시에 퇴근합니다.
bo tong jeo nyeok il gop ssi e toe geun ham ni da
通常晚上7點下班。

저녁을 아직 안 드셨어요?
jeo nyeo geul a jik an deu syeo sseo yo
您晚飯還沒吃嗎？

저희

發音 jeo hi

中譯 代 我們（謙語）

384

類義詞

우리（我們u ri）

反義詞

너희（你們neo hi）

相關詞彙

그들（他們geu deul）

例句

저희를 좀 도와 주세요.

jeo hi reul jjom do wa ju se yo

請幫助我們。

교수님, 저희 왔습니다.

gyo su nim jeo hi wat sseum ni da

教授，我們來了。

적다

反義詞

많다（多man ta）

相關詞彙

모자라다（不足mo ja ra da）、부족하다（不夠bu jo ka da）

形容詞變化

적은，적어요, 적었어요, 적습니다

음식이 적어서 배부르지 않아요.

例句

eum si gi jeo geo seo bae bu reu ji a na yo

食物太少了，吃不飽。

우리 반 학생수는 아주 적어요.

u ri ban hak ssaeng su neun a ju jeo geo yo

我們班的學生人數很少。

전

 jeon

 冠 全體、整個

 386

相關詞彙

온（全部on）、전체（整體jeon che）

例句

전 세계 인구는 모두 몇 명일까요?

jeon se gye in gu neun mo du myeot myeong il kka yo

全世界人口有多少。

환경 보호는 전 국민의 의무입니다.

hwan gyeong bo ho neun jeon gung mi nui ui mu im ni da

保護環境是整體國民的義務。

전

發音 jeon

中譯 名 前、以前

387

類義詞

이전（以前i jeon）

反義詞

후（後hu）

相關詞彙

옛날（昔日yen nal）

例句

자기 전에 숙제를 끝내야 돼.
ja gi jeo ne suk jje reul kkeun nae ya dwae
睡覺前要先寫完作業。

이전에는 저는 공무원이었어요.
i jeo ne neun jeo neun gong mu wo ni eo sseo yo
以前我是公務員。

전화

發音 jeon hwa

中譯 名 電話

388

相關詞彙

전화 번호（電話號碼jeon hwa beon ho）、핸드

폰 (手機haen deu pon) 、스마트폰 (智慧型手機seu ma teu pon) 、국제전화 (國際長途電話guk jje jeon hwa)

例句

그 친구에게 전화를 걸었는데 안 받았어요.
geu chin gu e ge jeon hwa reul kkeo reon neun de an ba da sseo yo
打電話給那位朋友了，但他沒接。

전화번호와 주소는 여기에 적어 주세요.
jeon hwa beon ho wa ju so neun yeo gi e jeo geo ju se yo
請將電話號碼和地址寫在這裡。

젊다

 jeom da

 形 年輕

反義詞

늙다 (老neuk tta)

相關詞彙

어리다 (幼小eo ri da)

形容詞變化

젊은, 젊어요, 젊었어요, 젊습니다

여기는 젊은 사람들이 자주 오는 곳입니다.

例句 yeo gi neun jeol meun sa ram deu ri ja ju o neun go sim ni da
這裡是年輕人常來的地方。
그 젊은 남자는 정말 잘 생겼습니다.
geu jeol meun nam ja neun jeong mal jjal ssaeng gyeot sseum ni da
那位年輕男子真帥。

젓가락

發音 jeot kka rak

中譯 名 筷子

390

反義詞

숟가락（湯匙sut kka rak）

相關詞彙

수저（湯匙和筷子su jeo）、포크（叉子po keu）、나이프（刀子na i peu）

例句 젓가락으로 국수를 먹어요.
jeot kka ra geu ro guk ssu reul meo geo yo
用筷子吃麵。
젓가락을 바닥에 떨어뜨렸어요. 새 것을 주세요.
jeot kka ra geul ppa da ge tteo reo tteu ryeo sseo yo sae geo seul jju se yo

筷子掉在地板上了，給我個新的。

제일

發音 je il

中譯 副 最、第一

391

類義詞

가장（最ga jang）

例句
건강이 제일 중요합니다.
geon gang i je il jung yo ham ni da
健康最重要。
제일 사랑하는 사람은 어머님입니다.
je il sa rang ha neun sa ra meun eo meo ni mim ni da
最愛的人是媽媽。

조심하다

發音 jo sim ha da

中譯 動 小心、謹慎

392

相關詞彙

주의하다（注意ju ui ha da）、신중하다（謹慎sin jung ha da）、유의하다（留意yu ui ha da）

動詞變化

조심해요, 조심했어요, 조심할 거예요, 조심합니다

例句
운전할 때 조심하세요.
un jeon hal ttae jo sim ha se yo
開車時，請小心。
길을 건널 때 신호등을 보고 조심해야 합니다.
gi reul kkeon neol ttae sin ho deung eul ppo go jo sim hae ya ham ni da
過馬路時，要注意紅綠燈且要小心。

졸업하다

發音 jo reo pa da

中譯 動 畢業

393

反義詞

입학하다（入學i pa ka da）

相關詞彙

이수하다（肆業i su ha da）

動詞變化

졸업해요, 졸업했어요, 졸업할 거예요, 졸업합니다

例句
대학을 졸업하면 뭘 할 거예요?
dae ha geul jjo reo pa myeon mwol hal kkeo ye yo
大學畢業後，你打算做什麼？

이년 전에 대학을 졸업했어요.
i nyeon jeo ne dae ha geul jjo reo pae sseo yo
兩年前，我大學畢業了。

좋아하다

發音 jo a ha da

中譯 動 愛、喜歡、好

394

類義詞

마음에 들다（喜歡、滿意ma eu me deul tta）

反義詞

싫어하다（討厭si reo ha da）

動詞變化

좋아해요, 좋아했어요, 좋아할 거예요, 좋아합니다

例句
제가 가장 좋아하는 디저트는 케이크예요.
je ga ga jang jo a ha neun di jeo teu neun ke i keu ye yo
我最喜歡的點心是蛋糕。

주

發音 ju

中譯 名 週

395

相關詞彙

매주（每週mae ju）、주말（週末ju mal）

例句

이번 주 수요일에 중요한 회의가 있습니다.
i beon ju su yo i re jung yo han hoe ui ga it sseum ni da
這周的星期三有很重要的會議。

주문하다

發音 ju mun ha da

中譯 動 訂貨、點菜

相關詞彙

주문 상품（訂購的商品ju mun sang pum）

動詞變化

주문해요, 주문했어요, 주문할 거예요, 주문합니다

例句

손님, 지금 주문하시겠어요?
son nim ji geum ju mun ha si ge sseo yo
先生（小姐），您現在要點餐嗎？
주문한 건 뭡니까?
ju mun han geon mwom ni kka
您點了什麼菜？

죽다

 juk tta

 死

類義詞

사망하다（死亡sa mang ha da）

反義詞

살다（活sal tta）

動詞變化

죽어요, 죽었어요, 죽을 거예요, 죽습니다

例句

그는 어제 심장병으로 죽었어요.

geu neun eo je sim jang byeong eu ro ju geo sseo yo

他昨天因心臟病死亡。

죽은 원인이 뭡니까?

ju geun wo ni ni mwom ni kka

死亡的原因為何？

준비하다

 jun bi ha da

 準備

相關詞彙

챙기다（準備好chaeng gi da）

動詞變化

준비해요, 준비했어요, 준비할 거예요, 준비합니다

요즘 시험을 준비하느라 정신없어요.

yo jeum si heo meul jjun bi ha neu ra jeong si neop sseo yo

最近因為準備考試忙得團團轉。

여행을 가기 전에 뭘 준비해야 하나요?

yeo haeng eul kka gi jeo ne mwol jun bi hae ya ha na yo

去旅行之前，應該先準備什麼呢？

줄다

 jul da

 縮小、減少

類義詞

감소하다（**減少**gam so ha da）

反義詞

늘다（**增加**neul tta）、증가하다（**增加**jeung ga ha da）

動詞變化

줄어요, 줄었어요, 줄 거예요, 줍니다

우리 회사 직원수가 많이 줄었어요.

例句

u ri hoe sa ji gwon su ga ma ni ju reo sseo yo

我們公司的職員人數減少了很多。

그녀는 병으로 몸무게가 점점 줄었어요.

geu nyeo neun byeong eu ro mom mu ge ga jeom jeom ju reo sseo yo

她因為生病體重漸漸減輕了。

중국

 jung guk

 中國

相關詞彙

중국인（中國人jung gu gin）、중국어（中文jung gu geo）、중국 요리（中國菜jung guk yo ri）、인민폐（人民幣in min pye）

例句

왕선생은 중국에서 왔어요.

wang seon saeng eun jung gu ge seo wa sseo yo

王先生是從中國來的。

그는 중국어를 중국 사람처럼 잘해요.

geu neun jung gu geo reul jjung guk sa ram cheo reom jal hae yo

他中文講得跟中國人一樣好。

중요하다

發音 jung yo ha da

中譯 形 重要

相關詞彙

중시하다（重視jung si ha da）、긴요하다（緊要gi nyo ha da）、관건（關鍵gwan geon）

形容詞變化

중요한, 중요해요, 중요했어요, 중요합니다

例句

건강은 매우 중요합니다.

geon gang eun mae u jung yo ham ni da

健康非常重要。

중요한 일이 있어서 먼저 가야 돼요.

jung yo han i ri i sseo seo meon jeo ga ya dwae yo

因為有重要的事情，我必須先走了。

즐겁다

發音 jeul kkeop tta

中譯 形 高興、愉快

相關詞彙

행복하다（幸福haeng bo ka da）、기쁘다（高興gi ppeu da）

形容詞變化

즐거운, 즐거워요, 즐거웠어요, 즐겁습니다

例句
아이는 즐겁게 여행을 갔어요.
a i neun jeul kkeop kke yeo haeng eul kka sseo yo
孩子高興去旅行了。
즐거운 크리스마스 되세요.
jeul kkeo un keu ri seu ma seu doe se yo
祝你有個愉快的聖誕節。

지나다

發音 ji na da

中譯 動 經過、過去

403

相關詞彙

지나가다（經過ji na ga da）、경과하다（經過 gyeong gwa ha da）

動詞變化

지나요, 지났어요, 지날 거예요, 지납니다

例句
퇴직한 지 5년이 지났어요.
toe ji kan ji o nyeo ni ji na sseo yo
退休已經五年了。

지내다

發音 ji nae da

中譯 動 度日、結交

相關詞彙

살아가다（生活、活下去sa ra ga da）

動詞變化

지내요, 지냈어요, 지낼 거예요, 지냅니다

例句

그동안 잘 지냈어요?
geu dong an jal jji nae sseo yo
最近過得好嗎？
우리 연락하고 지내요.
u ri yeol la ka go ji nae yo
我們常連絡吧。

지키다

發音 ji ki da

中譯 動 遵守、保守

相關詞彙

수호하다（守護su ho ha da）、수비하다（守備su bi ha da）

動詞變化

지켜요, 지켰어요, 지킬 거예요, 지킵니다

例句
이 비밀을 꼭 지키세요.
i bi mi reul kkok ji ki se yo
請務必遵守這個秘密。
국가의 평화와 질서를 지킵니다.
guk kka ui pyeong hwa wa jil seo reul jji kim ni da
守護國家的和平與秩序。

직업

發音 ji geop

中譯 名 職業

406

相關詞彙
일자리（工作il ja ri）、업종（行業eop jjong）

例句
당신의 직업이 뭐예요?
dang si nui ji geo bi mwo ye yo
您的職業是什麼？
아버님은 무슨 직업에 종사하세요?
a beo ni meun mu seun ji geo be jong sa ha se yo?
您父親從事什麼職業？

짧다

發音 jjap tta

中譯  短

反義詞

길다（長gil da）

形容詞變化

짧은, 짧아요, 짧았어요, 짧습니다

例句

이 일은 짧은 시간 안에 끝냈어요.
i i reun jjal beun si gan a ne kkeun nae sseo yo
這個工作在短時間內結束了。

짧은 바지를 입은 여자는 내 여동생이에요.
jjal beun ba ji reul i beun yeo ja neun nae yeo dong saeng i e yo
穿短褲的女生是我妹妹。

開頭詞彙

차

發音 cha

中譯 名 車

408

相關詞彙

승용차（轎車seung yong cha）、빈 차（空車bin cha）、새 차（新車sae cha）、중고차（中古車jung go cha）

例句

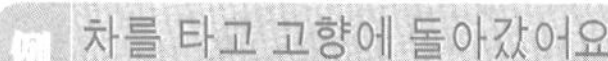

차를 타고 고향에 돌아갔어요.

cha reul ta go go hyang e do ra ga sseo yo

搭車回鄉下了。

너무 늦게 일어나서 차를 놓쳤어요.

neo mu neut kke i reo na seo cha reul not cheo sseo yo

太晚起床了，所以誤了車。

차

發音 cha

中譯 名 茶

409

相關詞彙

국화차（菊花茶gu kwa cha）、우롱차（烏龍茶u rong cha）、녹차（綠茶nok cha）、홍차（紅茶hong cha）

例句
차 한 잔 주시겠습니까?
cha han jan ju si get sseum ni kka
可以給我一杯茶嗎？

차갑다

發音 cha gap tta

中譯 形 涼、冷

反義詞

뜨겁다（燙tteu geop tta）

相關詞彙

시원하다（涼爽si won ha da）

形容詞變化

차가운, 차가워요, 차가웠어요, 차갑습니다

例句
겨울만 되면 손발이 차가워요.
gyeo ul man doe myeon son ba ri cha ga wo yo
一到冬天，手腳就會冰冷。

찾다

發音 chat tta

中譯 動 找、尋找

相關詞彙

물색하다（物色mul sae ka da）、구하다（找gu ha da）

動詞變化

찾아요, 찾았어요, 찾을 거예요, 찾습니다

例句

너는 무엇을 찾고 있니?
neo neun mu eo seul chat kko in ni
你在找什麼？

요즘 불경기때문에 일자리를 찾기가 쉽지 않아요.
yo jeum bul gyeong gi ttae mu ne il ja ri reul chat kki ga swip jji a na yo
因為最近不景氣的關係，不好找工作。

처음

cheo eum

初次、第一次

反義詞

마지막（最後ma ji mak）

相關詞彙

첫 번째（首次cheot beon jjae）

여기 처음 왔어요.
yeo gi cheo eum wa sseo yo

例句

第一次來這裡。

처음 뵙겠습니다.

cheo eum boep kket sseum ni da

初次見面。

청소하다

發音 cheong so ha da

中譯 動 打掃

413

類義詞

소제하다（打掃so je ha da）

相關詞彙

치우다（收拾chi u da）、정리하다（整理jeong ni ha da）

動詞變化

청소해요, 청소했어요, 청소할 거예요, 청소합니다

例句

오늘 집에서 가족들이랑 같이 청소했어요.

o neul jji be seo ga jok tteu ri rang ga chi cheong so hae sseo yo

今天和家人一起在家裡打掃。

길에 쌓인 쓰레기를 청소합니다.

gi re ssa in sseu re gi reul cheong so ham ni da

打掃堆積在路上的垃圾。

초대하다

發音 cho dae ha da

中譯 動 招待、邀請

類義詞

초청하다（邀請cho cheong ha da）

相關詞彙

접대하다（招待jeop ttae ha da）、한턱 내다（請客han teok nae da）

動詞變化

초대해요, 초대했어요, 초대할 거예요, 초대합니다

例句

나는 이미 외국 친구들을 초대했어요.

na neun i mi oe guk chin gu deu reul cho dae hae sseo yo

我已經邀請了外國的朋友們。

초등학교

發音 cho deung hak kkyo

中譯 
名 小學

類義詞

소학교（小學so hak kkyo）

相關詞彙

중학교（國中jung hak kkyo）、고등 학교（高

中go deung hak kkyo）、대학교（大學dae hak kkyo）、대학원（研究所dae ha gwon）

例句
저는 아직 초등학교 학생이에요.
jeo neun a jik cho deung hak kkyo hak ssaeng i e yo
我還是小學生。

축하하다

類義詞

경하하다（祝賀gyeong ha ha da）

相關詞彙

축복하다（祝福chuk ppo ka da）

動詞變化

축하해요, 축하했어요, 축하할 거예요, 축하합니다

例句
결혼을 축하해요.
gyeol ho neul chu ka hae yo
恭喜你結婚。
승진을 축하합니다.
seung ji neul chu ka ham ni da
恭喜你升遷。

출근하다

發音 chul geun ha da

中譯 動 上班

反義詞

퇴근하다（下班toe geun ha da）

相關詞彙

회사에 가다（上班hoe sa e ga da）

動詞變化

출근해요, 출근했어요, 출근할 거예요, 출근합니다

例句

저는 아침 8시반에 출근해요.

jeo neun a chim yeo deop ssi ba ne chul geun hae yo

我早上八點半上班。

출장

發音 chul jang

中譯 名 出差

相關詞彙

출장비（出差費chul jang bi）、출장 수당（出差津貼chul jang su dang）

그는 한국에 출장 갔어요.

geu neun han gu ge chul jang ga sseo yo

他去韓國出差了。

이 일은 출장 나가는 기회가 많아요.

i i reun chul jang na ga neun gi hoe ga ma na yo

這個工作出差的機會很多。

反義詞

덥다（熱deop tta）

相關詞彙

차다（涼、冷cha da）

形容詞變化

추운, 추워요, 추웠어요, 춥습니다

例句

밖이 추워서 옷을 많이 입어야 됩니다.

ba kki chu wo seo o seul ma ni i beo ya doem ni da

外面很冷，必須多穿點衣服。

이런 추운 날씨에는 밖에 나가기 싫어요.

i reon chu un nal ssi e neun ba kke na ga gi si reo yo

這種寒冷的天氣，不想出門。

취소하다

發音 chwi so ha da

中譯 動 取消、廢除

相關詞彙

폐지하다（廢止pye ji ha da）

動詞變化

취소해요, 취소했어요, 취소할 거예요, 취소합니다

例句
다른 일이 생겨서 오후의 약속을 취소합시다.
da reun i ri saeng gyeo seo o hu ui yak sso geul chwi so hap ssi da
因為有其他的事情，所以下午的約會取消吧。

치마

發音 chi ma

中譯 名 裙子

類義詞

스커트（裙子seu keo teu）

相關詞彙

원피스（連身裙won pi seu）

例句
긴 치마.
gin chi ma
長裙。
저기 분홍색 치마를 입은 여자가 누구예요?
jeo gi bun hong saek chi ma reul i beun yeo ja ga nu gu ye yo
那裡穿粉紅色裙子的女生是誰？

친구

發音 chin gu

中譯 名 朋友

422

類義詞

벗（朋友beot）

反義詞

적（敵人jeok）

相關詞彙

우정（友情u jeong）

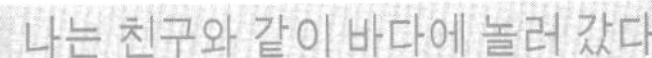

例句
나는 친구와 같이 바다에 놀러 갔다.
na neun chin gu wa ga chi ba da e nol leo gat tta
我和朋友一起去海邊玩。

친절하다

發音 chin jeol ha da

中譯 形 親切

423

反義詞

냉담하다（冷淡naeng dam ha da）

相關詞彙

다정하다（多情da jeong ha da）

形容詞變化

친절한, 친절해요, 친절했어요, 친절합니다

例句
이 가게 아줌마가 아주 친절해요.
i ga ge a jum ma ga a ju chin jeol hae yo
這家店的阿姨很親切。

친척

發音 chin cheok

中譯 名 親戚

424

相關詞彙

권속（眷屬gwon sok）、친족（親屬chin jok）、가족（家族ga jok）

例句

그는 내 먼 친척이에요.

geu neun nae meon chin cheo gi e yo

他是我的遠房親戚。

ㅋ

開頭詞彙

카드

發音 ka deu

中譯 名 卡片、賀卡

相關詞彙

IC카드（IC卡ic ka deu）、신용 카드（信用卡si nyong ka deu）、충전 카드（充值卡片chung jeon ka deu）

例句

생일 때 많은 생일 카드를 받았어요.
saeng il ttae ma neun saeng il ka deu reul ppa da sseo yo
生日的時候，收到了很多生日卡片。

칼

發音 kal

中譯 名 刀子

相關詞彙

면도칼（刮鬍刀myeon do kal）、부엌칼（菜刀bu eok kal）

例句
칼로 채소를 썰다.
kal lo chae so reul sseol da
用刀切蔬菜。

커피

發音 keo pi

中譯 名 咖啡

相關詞彙

커피숍（**咖啡廳**keo pi syop）、카페라테（**咖啡拿鐵**ka pe ra te）、카푸치노커피（**卡布其諾咖啡**ka pu chi no keo pi）、블랙커피（**黑咖啡**beul laek keo pi）、모카커피（**摩卡咖啡**mo ka keo pi）、캔커피（**罐裝咖啡**kaen keo pi）

例句
편의점에서 커피와 빵을 샀어요.
pyeo nui jeo me seo keo pi wa ppang eul ssa sseo yo
在便利商店買了咖啡和麵包。

컴퓨터

發音 keom pyu teo

中譯 名 電腦

相關詞彙

노트북（**筆記型電腦**no teu buk）、데스크톱（**桌上型電腦**de seu keu top）、피시（**個人用電腦**pi si）

例句

여기서 고장난 컴퓨터를 고칠 수 있습니까?

yeo gi seo go jang nan keom pyu teo reul kko chil su it sseum ni kka

這裡可以維修故障的電腦嗎？

컵

keop

杯子

相關詞彙

유리 컵（玻璃杯yu ri keop）、술잔（酒杯sul jjan）

例句

소주 한 병, 컵 두 개 주세요.

so ju han byeong keop du gae ju se yo

請給我一瓶燒酒兩個杯子。

켜다

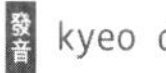
kyeo da

開（燈）、打開（電器）

反義詞

끄다（關上kkeu da）

相關詞彙

불을 켜다（開燈bu reul kyeo da）

動詞變化

켜요, 켰어요, 켤 거예요, 켭니다

例句

텔레비전을 켜고 드라마를 봐요.

tel le bi jeo neul kyeo go deu ra ma reul ppwa yo

打開電視看連續劇。

크다

keu da

形 大

431

反義詞

작다 (小jak tta)

形容詞變化

큰, 커요, 컸어요, 큽니다

例句

집이 너무 커서 혼자 있기에 무섭다.

ji bi neo mu keo seo hon ja it kki e mu seop tta

因為家太大了，一個人很可怕。

開頭詞彙

타다

發音 ta da

中譯 動 騎、乘、坐

432

相關詞彙

썰매를 타다（滑雪sseol mae reul ta da）

動詞變化

타요, 탔어요, 탈 거예요, 탑니다

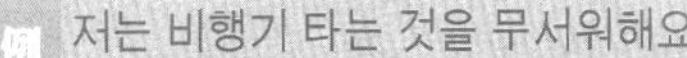

例句
저는 비행기 타는 것을 무서워해요.
jeo neun bi haeng gi ta neun geo seul mu seo wo hae yo
我害怕搭飛機。

태어나다

發音 tae eo na da

中譯 動 出生

433

類義詞

출생하다（出生chul saeng ha da）

相關詞彙

탄생하다（誕生tan saeng ha da）

動詞變化

태어나요, 태어났어요, 태어날 거예요, 태어납니다

例句 저는 한국에서 태어났어요.
jeo neun han gu ge seo tae eo na sseo yo
我在韓國出生的。

테니스

發音 te ni seu

中譯 名 網球

相關詞彙

테니스공（網球te ni seu gong）、테니스 코트（網球場te ni seu ko teu）

例句 테니스를 치는 것은 제 취미입니다.
te ni seu reul chi neun geo seun je chwi mi im ni da.
打網球是我的興趣。

텔레비전

發音 tel le bi jeon

中譯 名 電視

類義詞

TV（電視tv）

相關詞彙

흑백 텔레비전（黑白電視heuk ppaek tel le bi

jeon)

例句 이 시간에 전 보통 텔레비전을 봐요.
i si ga ne jeon bo tong tel le bi jeo neul ppwa yo
這個時間我通常在看電視。

티셔츠

發音 ti syeo cheu

中譯 名 T恤

436

相關詞彙

후드 티셔츠 (帽 T hu deu ti syeo cheu)

例句 짧은 소매 티셔츠.
jjal beun so mae ti syeo cheu
短袖 T 恤。
운동할 때 저는 티셔츠를 입는 것이 좋습니다.
un dong hal ttae jeo neun ti syeo cheu reul im neun geo si jo sseum ni da
運動的時候，我喜歡穿 T 恤。

五

開頭詞彙

파란색

發音 pa ran saek

中譯 名 藍色

437

類義詞

파랑 (**藍**pa rang)

相關詞彙

남색 （ **藍色**nam saek ）、청색 （ **青色**cheong saek ）

例句
저는 짙은 파란색 옷을 좋아해요.
jeo neun ji teun pa ran saek o seul jjo a hae yo
我喜歡深藍色的衣服。

파티

發音 pa ti

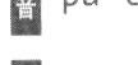

中譯 名 派對、宴會

438

類義詞

연회 (**宴會**yeon hoe)

相關詞彙

생일 파티 (**生日派對**saeng il pa ti)、댄스 파티 (**舞會**daen seu pa ti)

例句 오늘 밤에 파티가 있는데 같이 참가할까요?
o neul ppa me pa ti ga in neun de ga chi cham ga hal kka yo
今天晚上有宴會要不要一起參加？

팔다

發音 pal tta

中譯 動 賣、出售

 439

類義詞

판매하다（販賣pan mae ha da）

反義詞

사다（買sa da）

相關詞彙

매출하다（售出mae chul ha da）

動詞變化

팔아요, 팔았어요, 팔 거예요, 팝니다

例句 저는 시장에서 생선을 팔아요.
jeo neun si jang e seo saeng seo neul pa ra yo
我在市場裡賣魚。
옷을 많이 파는 곳이 어디예요?
o seul ma ni pa neun go si eo di ye yo
賣很多衣服的地方在哪裡？

편하다

發音 pyeon ha da

 形 方便、舒服

 440

相關詞彙

쾌적하다（舒適kwae jeo ka da）、유쾌하다（愉快yu kwae ha da）、편안하다（舒服pyeo nan ha da）

形容詞變化

편한, 편해요, 편했어요, 편합니다

例句

편하게 앉으세요.
pyeon ha ge an jeu se yo
隨便坐。

여기서 지하철역까지 가까워서 매우 편해요.
yeo gi seo ji ha cheo ryeok kka ji ga kka wo seo mae u pyeon hae yo
這裡離地鐵站很近，相當方便。

평일

 pyeong il

 名 平日

 441

類義詞

평소（平日pyeong so）、평시（平時pyeong si）

例句
그는 평일에는 늘 바빠요.
geu neun pyeong i re neun neul ppa ppa yo
他平日總是很忙。
여기는 평일에도 사람이 매우 많습니다.
yeo gi neun pyeong i re do sa ra mi mae u man sseum ni da
這裡平日人也很多。

포도

發音 po do

中譯 名 葡萄

相關詞彙

포도원（**葡萄園**po do won）、포도송이（**葡萄串**po do song i）、포도주（**葡萄酒**po do ju）、포도밭（**葡萄園**po do bat）

例句
이 포도 생산지가 어디예요?
i po do saeng san ji ga eo di ye yo
這葡萄的產地在哪裡？

포장하다

發音 po jang ha da

中譯 動 包裝

相關詞彙

싸다（包ssa da）

動詞變化

포장해요, 포장했어요, 포장할 거예요, 포장합니다

例句

따로따로 포장해 주세요.
tta ro tta ro po jang hae ju se yo
要另外包裝。

포장할 필요가 없습니다.
po jang hal pi ryo ga eop sseum ni da
不需要包裝。

표

pyo

票

444

類義詞

티켓（票ti ket）

相關詞彙

차표（車票cha pyo）、입장표（門票ip jjang pyo）

例句

영화표가 얼마예요?
yeong hwa pyo ga eol ma ye yo
電影票多少錢？

피곤하다

發音 pi gon ha da

 形 疲累、累

類義詞

지치다（疲累ji chi da）

相關詞彙

피로하다（疲勞pi ro ha da）

形容詞變化

피곤한, 피곤해요, 피곤했어요, 피곤합니다

例句

많이 피곤하시죠? 어서 쉬세요.
ma ni pi gon ha si jyo eo seo swi se yo
很累了吧？快休息吧。

필요하다

發音 pi ryo ha da

類義詞

요구되다（需要yo gu doe da）

形容詞變化

필요한, 필요해요, 필요했어요, 필요합니다

여러분의 도움이 필요합니다.

例句
yeo reo bu nui do u mi pi ryo ham ni da
需要各位的協助。
그 얘기는 이미 들었어요. 다시 말할 필요가 없어요.
geu yae gi neun i mi deu reo sseo yo da si mal hal pi ryo ga eop sseo yo
那件事我已經聽說了，不用再說了。

ㅎ

開頭詞彙

하늘

ha neul

名 天空

447

類義詞

공중（空中gong jung）

反義詞

땅（地ttang）

例句

참새가 하늘에서 날고 있어요.
cham sae ga ha neu re seo nal kko i sseo yo
麻雀在天空飛翔。

하얀색

ha yan saek

名 白色

448

類義詞

하양（白色ha yang）、흰색（白色hin saek）

反義詞

까만색（黑色kka man saek）

例句

이 옷은 하얀색이 없어요?
i o seun ha yan sae gi eop sseo yo
這件衣服有白色的嗎？

저는 하얀색이 좋습니다.
jeo neun ha yan sae gi jo sseum ni da
我喜歡白色。

하지만

發音 ha ji man

中譯 副 可是

類義詞

그러나（可是geu reo na）

相關詞彙

그렇지만（雖然如此geu reo chi man）

例句

가고 싶어요. 하지만 시간이 없어요.
ga go si peo yo ha ji man si ga ni eop sseo yo
我想去，可是沒有時間。

그녀는 예쁘지 않아요. 하지만 마음씨가 착해요.
geu nyeo neun ye ppeu ji a na yo ha ji man ma eum ssi ga cha kae yo
她不漂亮，但是心地很善良。

학교

發音 hak kkyo

中譯 名 學校

450

相關詞彙

사립 학교（**私立學校**sa rip hak kkyo）、국립 학교（**國立學校**gung ni pak kkyo）

例句

어느 학교에 다녀요?
eo neu hak kkyo e da nyeo yo
你在哪個學校上學？

학교를 졸업하면 뭘 할 거예요?
hak kkyo reul jjo reo pa myeon mwol hal kkeo ye yo
學校畢業後你想做什麼？

한국

發音 han guk

中譯 名 韓國

451

相關詞彙

한국요리（**韓國料理**han gu gyo ri）、한국산（**韓國產**han guk ssan）、대한민국（**大韓民國**dae han min guk）、북한（**北韓**bu kan）、남한（**南韓**nam han）

例句
한국에 가 본 적이 있나요?
han gu ge ga bon jeo gi in na yo
你去過韓國嗎？
지난 주에 한국에 갔다왔어요.
ji nan ju e han gu ge gat tta wa sseo yo
上星期我去了一趟韓國。

할머니

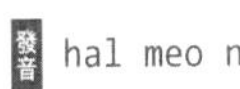
發音 hal meo ni

中譯 名 奶奶

反義詞

할아버지（**爺爺**ha ra beo ji）

相關詞彙

외할머니（**外婆**oe hal meo ni）、외할아버지（**外公**oe ha ra beo ji）

例句
제 할머니께서는 삼년 전에 돌아가셨어요.
je hal meo ni kke seo neun sam nyeon jeo ne do ra ga syeo sseo yo
我奶奶三年前過世了。

함께

發音 ham kke

中譯 副 一起

453

類義詞

같이 (一起ga chi)

反義詞

혼자 (獨自hon ja)

例句

친구들과 함께 여행을 가요.

chin gu deul kkwa ham kke yeo haeng eul kka yo

和朋友們一起去旅行。

함께 일하는 건 재미있어요.

ham kke il ha neun geon jae mi i sseo yo

一起工作很有趣。

합격

發音 hap kkyeok

中譯 名 合格

454

相關詞彙

합격자 (合格者hap kkyeok jja)、합격 제품 (合格產品hap kkyeok je pum)、합격 증서 (合格證書hap kkyeok jeung seo)

例句
시험에 합격하다.
si heo me hap kkyeo ka da
考試合格。
나는 대학에 합격했다.
na neun dae ha ge hap kkyeo kaet tta
我考上大學了。

행복하다

發音 haeng bo ka da

中譯 形 幸福

455

反義詞

비참하다（悲慘bi cham ha da）

形容詞變化

행복한, 행복해요, 행복했어요, 행복합니다

例句
꼭 행복하길 바랍니다.
kkok haeng bo ka gil ba ram ni da
祝你幸福。

현재

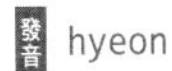
發音 hyeon jae

中譯 名 現在

456

類義詞

지금 (現在ji geum)

反義詞

과거 (過去gwa geo)

例句 현재의 상황은 어때요?
hyeon jae ui sang hwang eun eo ttae yo
現在的狀況怎麼樣？

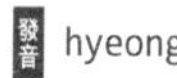

457

類義詞

오빠 (哥哥o ppa)

相關詞彙

형님 (兄長hyeong nim)

例句 형, 도와 주세요.
hyeong do wa ju se yo
哥，幫幫我吧。

相關詞彙

관광 호텔（觀光飯店gwan gwang ho tel）、여관（旅館yeo gwan）、민박（民宿min bak）

例句

좋은 호텔을 소개해 주세요.
jo eun ho te reul sso gae hae ju se yo
請介紹好的飯店給我。

호텔 주소를 알려 줄게요.
ho tel ju so reul al lyeo jul ge yo
我告訴你飯店的地址。

發音 hon ja

中譯 名 獨自、單獨

459

類義詞

홀로（單獨hol lo）

反義詞

같이（一起ga chi）

例句

밤에 혼자서 집에 갈 때는 조심해야 돼요.
ba me hon ja seo ji be gal ttae neun jo sim hae ya dwae yo
晚上獨自回家時，要小心。

나는 혼자 쇼핑하는 것을 좋아해요.

na neun hon ja syo ping ha neun geo seul jjo a hae yo
我喜歡一個人購物。

화나다

發音 hwa na da

中譯 動 生氣

460

類義詞

짜증나다（生氣jja jeung na da）

相關詞彙

속상하다（傷心sok ssang ha da）

動詞變化

화나요, 화났어요, 화날 거예요, 화납니다

例句

왜 저한테 화났어요?
wae jeo han te hwa na sseo yo
為什麼生我的氣？
선생님께서 정말 화났어요.
seon saeng nim kke seo jeong mal hwa na sseo yo
老師真的生氣了。

화장실

發音 hwa jang sil

中譯 名 化妝室、廁所

461

相關詞彙

여자 화장실 (女廁yeo ja hwa jang sil) 、남자 화장실 (男廁nam ja hwa jang sil)

例句

화장실은 어디입니까?
hwa jang si reun eo di im ni kka
廁所在哪裡？

화장실 안에 휴지가 없습니다.
hwa jang sil a ne hyu ji ga eop sseum ni da
廁所裡沒有衛生紙。

회사

發音 hoe sa

中譯 名 公司

462

類義詞

직장 (職場jik jjang)

相關詞彙

주식회사 (株式會社ju si koe sa)

우리 회사의 대우가 좋습니다.

例句

u ri hoe sa ui dae u ga jo sseum ni da
我們公司的待遇很好。

토요일에 회사에 갈 필요가 없어요.
to yo i re hoe sa e gal pi ryo ga eop sseo yo
星期六不需要去公司。

휴가

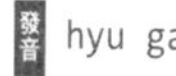
發音 hyu ga

中譯 名 休假

463

相關詞彙

휴일（休息日hyu il）、방학（放假bang hak）、공휴일（公休日gong hyu il）

例句

휴가 때 우리 제주도에 갑시다.
hyu ga ttae u ri je ju do e gap ssi da
休假時，我們去濟州島玩吧。

휴지

發音 hyu ji

中譯 名 衛生紙

464

類義詞

티슈（衛生紙ti syu）、화장지（衛生紙hwa jang ji）

相關詞彙

휴지통（垃圾桶hyu ji tong）

例句
휴지를 함부로 버리지 마시오.
hyu ji reul ham bu ro beo ri ji ma si o
請勿亂丟衛生紙。

흐리다

heu ri da

（天氣）陰、（水）混濁

反義詞

맑다（晴朗mak tta）

形容詞變化

흐린, 흐려요, 흐렸어요, 흐립니다

例句
흐린 날씨.
heu rin nal ssi
陰天。
날이 흐려요. 비가 내릴 것 같아요.
na ri heu ryeo yo bi ga nae ril geot ga ta yo
天很陰，好像要下雨了。

힘들다

發音 him deul tta

中譯 形 吃力、難

466

反義詞

쉽다（容易swip tta）

相關詞彙

고생하다（辛苦go saeng ha da）、힘겹다（費勁him gyeop tta）

形容詞變化

힘든, 힘들어요, 힘들었어요, 힘듭니다

例句

그의 생활이 힘들어요.
geu ui saeng hwa ri him deu reo yo
他的生活很艱難。

이것은 아주 힘든 일이에요.
i geo seun a ju him deun i ri e yo
這是很辛苦的工作。

韓語館系列 03

從零開始學韓語單字

編　　著 --- 金妍熙
執行編輯 --- 呂欣穎
美術編輯 --- 翁敏貴
編 輯 部 --- 22103　新北市汐止區大同路三段188號9樓之1
TEL／(02)8647-3663
FAX／(02)8647-3660
法律顧問 --- 中天國際法律事務所　涂成樞律師、周金成律師
總 經 銷 --- 永續圖書有限公司
22103　新北市汐止區大同路三段194號9樓之1
E-mail: yungjiuh@ms45.hinet.net
網站： www.foreverbooks.com.tw
郵撥： 18669219
TEL／(02)8647-3663
FAX／(02)8647-3660
CVS代理 --- 美璟文化有限公司
TEL／(02)2723-9968
FAX／(02)2723-9668
出 版 日 --- 2012 年 05 月

Parrot 語言鳥
語言鳥文化事業有限公司

國家圖書館出版品預行編目資料

從零開始學韓語單字 / 金妍熙著. -- 初版.
-- 新北市 : 語言鳥文化, 民101.05
面 ; 公分. -- (韓語館 ; 3)
ISBN 978-986-87974-3-7(平裝附光碟片)
1.韓語 2.詞彙
803.22　　101003179

語言鳥 Parrot 讀者回函卡

★ 親愛的顧客您好，感謝您購買 ____________________

為了提供您更好的服務品質，煩請填寫下列回函資料，您的意見與建議是我們不斷進步的目標，也是我們的動力與鼓勵，語言鳥文化感謝您的支持！我們不定期會將優惠活動的訊息通知您。謝謝！

姓名： ○先生 ○小姐 電話：

地址：○○○-○○ 縣市 鄉鎮 路街 段 巷 弄 號 樓

E-mail：

年　　齡：○ 20歲以下 ○ 21歲～30歲 ○ 31歲～40歲 ○ 41歲～50歲 ○ 51歲以上

性　　別：○ 男 ○ 女　　婚姻：○ 單身 ○ 已婚

職　　業：○ 學生 ○ 自由業 ○ 資訊業 ○ 大眾傳播 ○ 金融業 ○ 銷售業 ○ 服務業 ○ 教職 ○ 軍警 ○ 製造業 ○ 公職 ○ 其他

教育程度：○ 高中以下(含高中) ○ 大專 ○ 研究所以上

職 位 別：○ 負責人 ○ 高階主管 ○ 中級主管 ○ 一般職員 ○ 專業人員

職 務 別：○ 管理 ○ 行銷 ○ 創意 ○ 人事、行政 ○ 財務 ○ 法務 ○ 生產 ○ 工程 ○ 其他

您從何得知本書消息？

○ 逛書店 ○ 報紙廣告 ○ 親友介紹 ○ 出版書訊 ○ 廣告信函 ○ 廣播節目 ○ 電視節目 ○ 銷售人員推薦 ○ 其他

您通常以何種方式購書？

○ 逛書店 ○ 劃撥郵購 ○ 電話訂購 ○ 傳真 ○ 信用卡 ○ 團體訂購 ○ 網路書店 ○ 其他

看完本書後，您喜歡本書的理由？

○ 內容符合期待 ○ 文筆流暢 ○ 具實用性 ○ 插圖生動 ○ 內容充實 ○ 版面字體安排適當 ○ 其他

看完本書後，您不喜歡本書的理由？

○ 內容不符合期待 ○ 文筆欠佳 ○ 內容平平 ○ 版面、圖片、字體不適合閱讀 ○ 觀念保守 ○ 其他

您的建議：____________________

____

剪下後請寄回「22103新北市汐止區大同路3段188號9樓之1語言鳥文化收」

請用膠帶黏貼

廣 告 回 信
基隆郵局登記證
基隆廣字第000153號

221-03

新北市汐止區大同路三段188號9樓之1

語言鳥文化事業有限公司

編輯部 收

請沿此虛線對折免貼郵票，以膠帶黏貼後寄回，謝謝！

語言是通往世界的橋梁

語言鳥
Parrot
語言是通往世界的橋梁